W0242689

Helmut Heißenbüttel

ÖDIPUSKOMPLEX MADE IN GERMANY

GELEGENHEITSGEDICHTE TOTENTAGE LANDSCHAFTEN 1965–1980

-Klett-Cotta-

Laurenz will seine erlebnisse unmittelbar besitzen,
um »sich zu glauben«. durch sprache etc. hindurch
sieht man sich wie »einen fremden«; das ausdrucksmittel
verdeckt das erlebnis. gesang an die Verschattung
des menschen? die mittel des menschen sind stärker als
er selber, so ist man in die mechanik
der indirekten konvention verstrickt. das gefährlichste
die sprache. diese fixiert und entfremdet uns am meisten.
hier, der kampf gegen die metafer, ein sich
entblättern, ein verdunkeln; nach der vernichtung der metafer
stößt er auf das nichts; also der mensch ist ein bündel
von parafrase und ungreifbares nichts, darum
die getötete Gäa, darum fürchtet der mensch, der im direkten
schlechthin der tod ist, sich vor sich selber. in ihm
steckt das direkte, das nichts. der tod. die todesgewalt und
todesgeschwindigkeit. sobald man
den menschen wissend fassen will oder das direkte
erleben an erkenntnis gemessen; heißt der tod,
das ungreifbare ist das lebendige. einziges mittel es zu fassen,
die beschleunigung der metamorfosen.
lied auf die rapide verwandlung mit hemmreimen.

Carl Einstein

Ödipuskomplex made in Germany 1965

Papa hat ungefähr tausend Jahre regiert
der Ödipuskomplex des deutschen Volkes heißt
Enesdeape danach haben wir es mit Opa versucht das war
keine Dauerlösung nun sind wir ratlos
wer rät uns Rätselrater werden gesucht
wer hat uns die Suppe eingebrockt sagt Bild
Opa ist im Glassarg konserviert Papas Stellvertretern
werden die Namen allmählich ausradiert aber haben
wir Papa vergessen
es geht uns noch besser als im Dritten Reich das ist
keine Dauerlösung
haben sie in Washington oder Moskau auch Papas unser
Ersatzödipuskomplex heißt Pankow Opapa o Papa oder
in Rom
Papas Regiment ist ausgestorben aber Stücke davon liegen
noch in der Luft das ist die Berliner Luft immer noch
der Geruch der Josef hieß
was wir fordern ist weg mit Papas und Opas Schluß
mit Ödipuskomplcxcn
aufgeklärt wie wir uns haben
aufgeklärt wie wir uns haben
aufgeklärt wie wir uns haben
aufgeklärt wie wir uns haben
wer am vernünftigsten ist soll Macht haben
Mensch macht das mal

Rondeel mit Klingelzeilen für

Hans Hermann Steffens

Rondeel mit Klingelzeilen aufs Klingelzeichen gehört nun wandre Maria nun wandre nur fort schon krähen die Hähne und nah ist der Ort ein gewissermaßen Karakteristikum gleich der eingekrochenen Schnecke war was ihn umgab die Grenze der Ubi-Versalien blauer Peter worin ein Schweigen über soviel Reden eingeschlafen war sin Dill sin Döns des Grünenden Zeitlichkeit Gartenhügelflügel Pfefferbäume und was ihnen anhängt und nirgends Querstraßen um in das seitliche Dickicht zu gelangen blauer Peter gleich der eingekrochenen Schnecke war was ihn umgab die Grenze der Ubi-Versalien aus einem Orgelkasten angeorgelt verlange ich die

wahrundwahrhaftige Verheimlichung Ludolph aber schenkte en croûte Château Yquem Spundloch Fledermaus Leute gehn da durch die Straßen und der Markt wird so belebt blauer Peter fest in den Schlaf gedreht rote Gartenkübel sind des grünen Gartens Fleetenkieker des Grünenden Zeitlichkeit aufs Klingelzeichen gehört Alsterdammer sind des grünen Wartens um in das zeitliche Dickicht zu gelangen Pfefferbäume und was ihnen anhängt Ludolph aber schenkte en croûte Château Yquem denn der allgemeine Hang zu Gartenblumen ist gewissermaßen und in dem Hafen hatten die Schiffe die Flaggen aufgezogen morgensonnenschimmermohngerötet sin

Dill sin Döns untergetaucht und aufgegangen in den diesen Wörtern der Glöckner ist die Fledermaus Fleetenkieker oder zum Beispiel Kesselmayerblumentreiben und Alsterdammer Gouldstykker der Glöckner ist die Fledermaus Spundloch und nirgends Querblumen die allgemeine Hand zum Gartenleben Klingelzeilen nun wandre Maria nun wandre nur fort schon krähen die Hähne und nah ist der Ort Spielzeuge in ihrer verborgenen Zeit Klingelzeilen verlange ich die wahrundwahrhaftige Verheimlichung oder zum Beispiel Kesselmayerblumentreiben und Alsterdammer Gouldstykker fest in den Schlaf gedreht Dylan Donovan Simon Garfunkel Kweskin Farina

Renbourn Jansch denn der allgemeine Hang zu Gartenblumen ist gewissermaßen aufs Klingelzeichen gehört aus einem Orgelkasten angeorgelt und nirgends Querblumen Fledermaus nun wandre Maria nun wandre nur fort schon krähen die Hähne und nah ist der Ort gelber Straßenbahnen und roter Straßenbahnen und blauer Straßenbahnen und weißer Straßenbahnen und grüner Bahnhöfe aus einem fast im Schlaf gedrehten Orgelkasten angeorgelt Vokabeln wie Siebenstrolch oder Waterloow und in dem Hafen hatten die Schiffe die Flaggen aufgezogen da flog heraus ein Göckerlein krähte grob und krähte fein hatt auf seinem Kopf ein Kamm drauf stand das Wappen von Alsterdamm Gartenhügelflügel und nirgends Querstraßen um in das seitliche Dickicht zu gelangen gelber Straßenbahnen und roter Straßenbahnen und blauer Straßenbahnen und weißer Straßenbahnen und grüner Bahnhöfe aus einem fast im Schlaf gedrehten Orgelkasten angeorgelt Fleetenkieker Gartenhügelflügel Pfefferbäume und was ihnen anhängt Spielzeuge ihrer verborgenen Zeit fest in den Schlaf gedreht aufs Klingelzeichen gehört nun wandre Maria nun wandre nur fort schon krähen die Hähne und nah ist der Ort ein gewissermaßen Karakteristikum gleich der eingekrochenen Schnecke war was ihn umgab die Grenze der Ubi-Versalien blauer Peter worin ein Schweigen

eine Antigone

für HAP Grieshaber am 15. 2. 1969

Kreon
Kreon cryin
cryin Kreon cryin
cryin Kreon Kreon cryin
april is the cruellest month
April ist zu spät
mixing memory and desire
wer wo wer ist
nicht das Grünende seines Alterns
schwarzfleckige Schneewand
traurig in Hotelzimmern im Winter
Wolken wie sind wir an Wolken gewöhnt
was hat Kreon eigentlich
april cryin cryin
oben wie sind wir an oben gewöhnt
a heap of broken images
aber Dada ist niemals gestorben
Dada definiert uns
Dada ist Antigone
schreiend gegen gegen schreiend

endliche beliebig viele Personen nichtkooperative Spiele mit vollständiger Information endliche zwei Personen Nullsummenspiele mit unvollständiger Information das werden sie aber nicht getan haben können da doch die Himmel es nicht zulassen daß der Welt unendliche Spiele mit vollständiger Information endliche zwei Personen Nullsummenspiele mit unvollständiger Information solches Unheil widerfahre denn ein Unheil wäre es schon wenn man die noch nicht ausgereifte Traube des schönsten Weingartens der Erde vor ihrer Zeit schneiden wollte und in diese Schönheit die von trägen Zungen nie genug gepriesen werden kann endliche beliebig viele Personen nichtkooperative Spiele mit vollständiger Information verlieben sich unzählige Einheimische wie Fremde Melodymaker unter denen auch einer es wagte im Vertrauen auf seine stattliche Erscheinung seine Gedanken zu jenem Himmel an Schönheit zu erheben und nicht darauf allein sondern unendliche Spiele mit unvollständiger Information unendliche zwei Personen Nullsummenspiele in Normalform unendliche Spiele mit vollständiger Information auch auf die zahlreichen Fertigkeiten welche er besaß die solche und andere Eigenschaften unendliche zwei Personen nichtkooperative Spiele unendliche Spiele mit vollständiger Information nicht selten imstande sind einen Berg in sich zusammenstürzen zu lassen um wieviel Melodymaker leichter nicht eine zarte Jungfrau und so schmeichelte er dem Verstande und gewann die Geneigtheit mit wer weiß welchen Kinkerlitzchen endliche Spiele mit unvollständiger Information darunter einigen Vierzeilern die man ihn nachts in einem Gäßchen wo er stand singen hörte und wovon einer wie man sich erinnert folgendermaßen lautete es regnet Gott segnet das Gras wird naß endliche beliebig viele Personen nichtkooperative Spiele mit vollständiger Information unendliche zwei Personen Nullsummenspiele in Normalform endliche Spiele mit Melodymaker vollständiger Information ich hab mal einen Schatz gehabt den hat mir einer weggeschnappt unendliche Spiele mit unvollständiger Information unendliche zwei Personen kooperative Spiele endliche Spiele mit unvollständiger Information oder auch folgendermaßen madmaselle Pimpernelle votre chemise est très belle très belle est votre chemise und noch schöner votre cérise endliche Spiele mit vollständiger Information und noch andere Vierzeiler und Melodymaker Kehrreime von dergleichen Gattung die gesungen bezaubern und schwarz auf weiß geschrieben das Herz stillestehn lassen unendliche zwei Personen kooperative Spiele unendliche Spiele mit vollständiger Information unendliche Spiele mit unvollständiger Information das werden sie aber nicht getan haben können da doch die Melodymaker Himmel es nicht zulassen werden daß der Welt endliche beliebig viele Melodymaker Personen nichtkooperative Spiele mit vollständiger Information solches Unheil widerfahre denn ein Unheil wäre es schon gewesen wenn man die noch nicht ausgereifte Traube des schönsten Weinbergs der Erde vor ihrer Melodymaker Zeit schneiden wollte und in diese Schönheit die von trägen Melodymaker Zungen nie genug endliche beliebig viele Melodymaker Personen nichtkooperative Spiele mit vollständiger Melodymaker Information endliche zwei Personen Melodymaker Nullsummenspiele mit unvollständiger Information unendliche Melodymaker Spiele mit vollständiger Information

der heilige Hain

Baum und Baum und Baum und Baum und Baum und Baum und Baum
und Baumbaum und Baumbaum und Baumbaum und Baumbaum und Baumbaum und Baumbaum
und Baumbaumbaum und Baumbaumbaum und Baumbaumbaum und Baumbaumbaum und Baumbaumbaum
und Baumbaumbaumbaum und Baumbaumbaumbaum und Baumbaumbaumbaum und Baumbaumbaumbaum
und Baumbaumbaumbaumbaum und Baumbaumbaumbaumbaum und Baumbaumbaumbaumbaum
und Baumbaumbaumbaumbaumbaum und Baumbaumbaumbaumbaumbaum
und Baumbaumbaumbaumbaumbaumbaum

worauf es ankommt

daß das was das was das was daß das
daß das was das was daß das
daß das was was daß das
daß was das was was
was das was was daß
was das daß das das
daß das was
daß das das
das daß das
daß was
daß
das
was
was
daß
das
daß das das darf

zu dem vielen was sonst
mein philosophisches Treiben
hier gilt und nichts ist
und in welchen Verhältnissen sonst es
ist und nicht gilt
darüber wäre wohl viel sich zu unterhalten
und wie sich dieser Zustand sonst
hier ist und nicht gilt
und sich in sich selbst befinde
und gilt und nichts ist
und wie sich dieser Zustand sonst
auf mein philosophisches Treiben
darüber wäre wohl viel sich zu unterhalten
und wie sich dieser Zustand sonst
in sich selbst befinde
und gilt und nichts ist
und ist und gilt
und ist und nicht gilt
und gilt und nichts ist
und wie mein philosophisches Treiben
zu dem vielen was sonst ist
in welchen Verhältnissen sonst es
sich in sich selbst befinde
darüber wäre wohl viel sich zu unterhalten
und wie sich dieser Zustand sonst
in sich selbst befinde
darüber wäre wohl viel sich zu unterhalten
und was hier ist und gilt
und ist und nicht gilt
und gilt und nichts ist
und in welchen Verhältnissen sonst
mein philosophisches Treiben

zu dem vielen was sonst
hier ist und gilt
und ist und nicht gilt
und gilt und nichts ist
und wie sich dieser Zustand sonst
in sich selbst befinde
darüber wäre wohl viel sich zu unterhalten

negative Dialektik

nein
nein?
nein nein
nein nein?
nein nein nein
nein nein nein?
nein nein nein nein
nein nein nein nein?
nein nein nein nein nein
nein nein nein nein nein?
nein nein nein nein nein nein
nein nein nein nein nein nein?
nein nein nein nein nein nein nein
nein nein nein nein nein nein nein?
nein nein nein nein nein nein nein nein
nein nein nein nein nein nein nein nein?
nein nein nein nein nein nein nein nein nein
nein nein nein nein nein nein nein nein nein?
nein nein nein nein nein nein nein nein nein nein
nein nein nein nein nein nein nein nein nein nein?
nein nein nein nein nein nein nein nein nein nein nein
nein nein nein nein nein nein nein nein nein nein nein?
nein nein nein nein nein nein nein nein nein nein nein nein
nein nein nein nein nein nein nein nein nein nein nein nein?
nein nein nein nein nein nein nein nein nein nein nein nein nein
nein nein nein nein nein nein nein nein nein nein nein nein nein?

naja

Erinnerungen an das Jahr 1955

Heilsarmeemajor benahm sich unsittlich
schwache Reaktion der Börse
in ganz Österreich läuteten die Kirchenglocken
überall sommerlich warm
Atomversuche beendet
Abwehrchef geflüchtet
ausgebrochener Leierkastenmann auf der
  Jagd nach seinem Sohn
Bern ohne Fanny
vier Stockwerk tief stürzte sich in der
  Weserstraße 180 Neukölln der 27jährige
  Wilhelm W aus einem Fester in den Hof
  er erlag seinen Verletzungen das Motiv
  war Liebeskummer
einer ruft dem andern zu Elsner Schuh Elsner Schuh
so nötig wie die Braut zur Trauung ist Bullrichsalz
  für die Verdauung

obwohl immerhin versucht zu haben umso weniger zu bedauern daß sich die Auszehrung mehr und mehr 21. 9. 70 aus Sängerknaben werden wilde Stiere denn respektieren wir nicht die wesentliche Beziehung realer Eigenschaften auf reale Umstände so zerfällt das Ding in Mannigfaltigkeiten von Phantomen 22. 9. 70 wie starb die Geliebte des Polizisten jeder Mensch hat ja seine Grenze wo er anfängt mystisch zu werden dort wo sein Persönlichstes beginnt denn durchbricht freischaltende Phantasie die Ordnungen in zügelloser Weise so wird nicht nur ein einzelnes Schema in ein Phantom verwandelt sondern die ganze Welt wird zum Ablauf bloßer Phantome Affenhänger

Affenfänger Zungenschieber Zangenscheißer Zungencheck denn respektieren wir nicht die wesentliche Beziehung realer Eigenschaften auf reale Umstände so zerfällt das Ding in Mannigfaltigkeiten von Phantomen trains and boats and planes and boats and planes and trains and trains and trains and planes and boats and boats and planes ihre Alternativen halten das Gerundium zwischen den Flitzbögen und je mehr sich der Flintenkolben und das Rüstzeug kultivieren umso fester planieren sie sich bis die Kultivierung mehrmals hintereinander abbrennt denn das Unglück des Menschen fängt damit an daß er auf seinem Hintern nicht stillsitzen kann und wüßten sie wieviel folgenschwere Ansteckungen das Eckelhafte Lecken verursacht zahlten sie gern das 10fache für meinen automatischen Daueranfeuchter Zimmerparfümierer und Kunstzierde ineins denn jeder Mensch hat ja eine Grenze wo er anfängt mystisch zu werden dort wo sein Persönlichstes beginnt das Problem der Abzehrung meines Ich aber stellt sich nicht ausschließlich mehr unter seinem schmerzlichen Aspekt Hiersein und Dasein und Vorhandensein schenken sich niemals reine Weine ein nur daß ich ein besonderes Talent zur fragmentarischen Genügsamkeit habe Ding ist eben nicht Seiendes überhaupt sondern Identisches im Verband kausaler Abhängigkeiten drüber drunter drum und drin kommt primärer Lustge-

winn nur daß ich ein besonderes Talent zur fragmentarischen Genügsamkeit habe several faiths bid me leap opium and Hitler let me sleep sich wohlfühlen in dem was ist Lustgewinn anonym kollektiv denn durchbricht die freischaltende Phantasie die Ordnungen in zügelloser Weise so wird nicht nur ein einzelnes Schema in ein Phantom verwandelt sondern die ganze Welt wird zum Ablauf bloßer Phantome zieh doch endlich den Reißverschluß auf Ding ist eben nicht Seiendes überhaupt sondern Identisches im Verband kausaler Abhängigkeiten und ist überhaupt etwas erfahren so ist damit nicht nur überhaupt ein Gegenstand sondern ein materielles Ding gesetzt und dieser Ausdruck bestimmt nicht einen

Inhalt sondern eine Form für alle möglichen Gegenstände möglicher Erfahrung überhaupt ja das Reisen ja die Welt ja das Bügeln ja das Geld 21. 9. 70 aus Sängerknaben werden wilde Stiere und in diesem Frachtschiff das sich immer mehr auf meine glühende Begleitadresse konzentriert sehe ich nur noch einen Wirbel wippender rentabler Auffassungen schweißglänzender Titten bis jetzt das Besteck wie ein Feuerstrom hervorschießt und sich gebürtig in die lüstern bebende Vitrine ergießt zieh doch endlich den Reißverschluß auf nicht leiden unter dem was der Subjektivität abgeht der Marabu kneifts Arschloch zu der Pelikan fängts flöten an nicht bin ich ich ich bin es es ist es das Problem der Abzehrung

meines Ich aber stellt sich nicht ausschließlich mehr unter seinem schmerzhaften Aspekt zieh doch endlich den Reißverschluß auf trains and boats and planes and boats and planes and trains and trains and trains and planes and boats and boats and planes und ist überhaupt etwas erfahren so ist damit nicht nur überhaupt ein Gegenstand sondern ein materielles Ding gesetzt und dieser Ausdruck bestimmt nicht einen Inhalt sondern eine Form für alle Gegenstände möglicher Erfahrung überhaupt ja das Reisen ja die Welt ja das Bügeln ja das Geld Affenhänger Affenfänger Zungenschieber Zangenscheißer Zungencheck das Ideal auf allen Gebieten immer untätiger zu werden see you later Alligator nur daß ich ein besonderes Talent zur fragmentarischen Genügsamkeit habe sich wohlfühlen in dem was ist Lustgewinn anonym kollektiv ja das Reisen ja die Welt ja das Bügeln ja das Geld von hier nach da von da nach dort bewegt sich alles was da ist fort Denis Walter Gottlob Ludwig Sanders Edmund sich wohlfühlen in dem was ist Lustgewinn anonym kollektiv im übrigen setzt der gute Geschmack wie überall so auch im Fernsehn natürliche Grenzen ein nackter Busen an sich ist noch kein Zeichen weltoffner Gesinnung sondern sehr oft eine Frage der Ästhetik nicht bin ich ich ich bin es es ist es Denis Walter Gottlob Ludwig Sanders Edmund von hier nach da von da nach dort bewegt sich alles was da ist fort Ding ist eben nicht Seiendes überhaupt sondern Identisches im Verband kausaler Abhängigkeiten several faiths bid me leap opium and Hitler let me sleep denn jeder Mensch hat ja eine Grenze wo er anfangt mystisch zu werden dort wo sein Persönlichstes beginnt mijn vaderland mijn vlaanderland und wüßten sie wieviel folgenschwere Ansteckungen das Eckelhafte Lecken verursacht zahlten sie gern das 10fache für meinen automatischen Daueranfeuchter Zimmerparfümierer und Kunstzierde ineins Ding ist eben nicht Seiendes überhaupt sondern Identisches im Verband kausaler Abhängigkeiten 21. 9. 70 aus Sängerknaben werden wilde Stiere das Ideal auf allen Gebieten immer untätiger zu werden drüber drunter drum und drin kommt primärer Lustgewinn denn der Arsch ist weiß und blank weiß und blank weiß und blank vierundzwanzig Stunden lang stundenlang stundenlang mijn vaderland mijn vlaanderland 22. 9. 70 wie starb die Geliebte des Polizisten und wüßten sie wieviel folgenschwere Ansteckungen das Eckelhafte Lecken verursacht zahlten sie gern das 10fache für meinen automatischen Daueranfeuchter Zimmerparfümierer und Kunstzierde ineins denn der Arsch ist weiß und blank weiß und blank weiß und blank vierundzwanzig Stunden lang stundenlang stundenlang im übrigen setzt der gute Geschmack wie überall so auch im Fernsehen natürliche Grenzen ein nackter

Busen an sich ist noch kein Zeichen weltoffener Gesinnung sondern sehr oft eine Frage der Ästhetik denn respektieren wir nicht die wesentliche Beziehung realer Eigenschaften auf reale Umstände so zerfällt das Ding in Mannigfaltigkeiten von Phantomen wie eines Löffels Getuschel mit einer buschigen Muschel und durchbricht freischaltende Phantasie die Ordnungen in zügelloser Weise so wird nicht nur ein einzelnes Schema in ein Phantom verwandelt sondern die ganze Welt wird zum Ablauf bloßer Phantome und wüßten sie wieviel folgenschwere Ansteckungen das Eckelhafte Lecken verursacht zahlten sie gern das 10fache für meinen automatischen Daueranfeuchter Zimmerparfümierer und Kunstzierde ineins denn jeder Mensch hat ja eine Grenze wo er anfängt mystisch zu werden dort wo sein Persönlichstes beginnt sich wohlfühlen in dem was ist Lustgewinn anonym kollektiv nicht leiden unter dem was der Subjektivität abgeht in diesem irren Frachtschiff das sich immer mehr auf meine glühende Begleitadresse konzentriert sehe ich nur noch einen Wirbel wippender rentabler Auffassungen schweißglänzender Titten bis jetzt das Besteck wie ein Feuerstrom hervorschießt und sich gebürtig in die lüstern bebende Vitrine ergießt Denis Walter Gottlob Ludwig Sanders Edmund das Ideal auf allen Gebieten immer untätiger zu werden geigen bürsten flöten bügeln tut des Menschen Lust

beflügeln flöten bügeln bürsten geigen bringt Libido bald zum Schweigen obwohl immerhin versucht zu haben umso weniger zu bedauern daß sich die Auszehrung mehr und mehr der Marabu kneifts Arschloch zu der Pelikan fängts Flöten an Denis Walter Gottlob Ludwig Sanders Edmund 22. 9. 70 wie starb die Geliebte des Polizisten unter einem Gummibaum am Abend mijn vaderland mijn vlaanderland obwohl immerhin versucht zu haben umso weniger zu bedauern daß sich die Auszehrung mehr und mehr denn ihre Alternativen halten das Gerundium zwischen den Flitzbögen und je mehr sich der Flintenkolben und das Rüstzeug kultivieren umso fester planieren sie sich bis die Kultivierung mehrmals hintereinander abbrennt wie eines Löffels

Getuschel mit einer buschigen Muschel ja das Reisen ja die Welt ja das Bügeln ja das Geld von hier nach da von da nach dort bewegt sich alles was da ist fort trains and boats and planes and boats and planes and trains and trains and trains and planes and boats and boats and planes denn ist überhaupt etwas erfahren so ist damit nicht nur überhaupt ein Gegenstand sondern ein materielles Ding gesetzt und dieser Ausdruck bestimmt nicht einen Inhalt sondern eine Form für alle möglichen Gegenstände möglicher Erfahrung überhaupt der Marabu kneifts Arschloch zu der Pelikan fängts Flöten an das Ideal auf allen Gebieten immer untätiger zu werden

Gedicht über die Fernseherklärung des Ministerpräsidenten von
Baden-Württemberg Dr. Filbinger am 16. 4. 1968 in der er
die Aktionen radikaler Studenten als einen erschreckenden
Rückfall in faschistische Methoden bezeichnete und als
der Sprecher der Landesregierung die revolutionären
Rechtsbrecher davor warnte die Besonnenheit der
staatlichen Organe mit Schwäche zu verwechseln

achso

nochwas

ein Text von Hanna Heißenbüttel als sie 9 Jahre alt war

ich will schlau sein
ich weiß nicht ob schlau aber ich hoffe es
natürlich kann es auch sein daß ich nicht schlau bin
vielleicht bin ich aber auch schlau
Schlauheit ist komisch
aber besitzen kann ich es
vielleicht kann ich es vielleicht bin ich zu dumm dazu

Schlager antik

der goldnen Sternen Reihungen erbleichen
Orion fällt bestürzt und die Plejaden weichen
die totgesagt war Liebe bricht herein
und Tag und Nächte sind mit sich allein
verrückt schau ich die Zeit die läuft zurück
ich schau was ist wie ein Theaterstück
gewisser Ungewißheit Traurigkeit
füllt die in sich zurück gekehrte Zeit
Oktober hat noch einmal dies durchtagt
und Zukunft sich erfüllt wie es vorausgesagt
der Ruhe Geist ist in den Stunden
der prächtigen Natur mit Tiefigkeit verbunden
in traurigem Gesang erkennt
sich meines Schmerzes süßes Instrument
geblieben ist was mir nicht war gewohnt
hier unter diesem wechselweisen Mond
und was ich noch zu sagen wüßte
ist nicht was ich zu sagen sagen müßte
wenn aber Liebende die weinend wollten scheiden
nach unerhörter Sehnsucht langen Leiden
ans Herz sich dennoch dürften wieder pressen
zu küssen würden sie sich hier vergessen

Altersweisheit

alles was du möchtest trifft nicht ein
alles was du möchtest trifft nicht ein
alles was du möchtest trifft nicht ein
alles was du möchtest trifft nicht ein
alles was du möchtest trifft nicht ein
alles was du möchtest trifft nicht ein
alles was du möchtest trifft nicht ein
alles was du möchtest trifft nicht ein
alles was du möchtest trifft nicht ein
alles was du möchtest trifft nicht ein
alles was du möchtest trifft nicht ein
alles was du möchtest trifft nicht ein
alles was du möchtest trifft nicht ein
alles was du möchtest trifft nicht ein weil du möchtest daß es eintrifft
alles was du möchtest trifft nicht ein weil du möchtest daß es eintrifft
alles was du möchtest trifft nicht ein weil du möchtest daß es eintrifft
alles was du möchtest trifft nicht ein weil du möchtest daß es eintrifft
alles was du möchtest trifft nicht ein weil du möchtest daß es eintrifft
alles was du möchtest trifft nicht ein weil du möchtest daß es eintrifft
alles was du möchtest trifft nicht ein weil du möchtest daß es eintrifft
ich sage zu mir alles was du möchtest trifft nicht ein weil du möchtest
daß es eintrifft um zu erreichen daß es eintrifft

zieht es ach reißt es mich ewig zurück Spiegelgesprä-
che ich bin sauer ich bin deprimiert ich bin verrückt
ich will es loswerden ich denke ununterbrochen daran
bei klarer Urteilsfähigkeit habe ich vollkommen den
Verstand verloren sie hat das Herz am rechten
Fleck das hat mit Liebe nichts zu tun jede Arschbacke
die ich anfasse erinnert mich an deinen Hintern where
do you wish to come into my pussy or into my ass
sie hat das Herz am rechten Fleck das hat mit Liebe
nichts zu tun Gespräch mit Peter Hamm über Rationa-
lisierung von Eifersucht Gespräch mit Michael Krüger
über das Gespräch mit Peter Hamm gekommen genommen
gefunden verschwunden gefangen gegangen erkannt ver-

bannt beschworen verloren besessen vergessen vereint
verneint so gerne so ferne ein langsam fahrender
Schnellzug mit Verspätung die Ausgänge meines Kör-
pers sind schmerzend geöffnet sie hat das Herz am
rechten Fleck das hat mit Liebe nichts zu tun
darling lets turn back the years
and go down to yesterday
lets pretend that time has stopped
and never will go away
es dunkelt schon auf der Heiden
nach Hauause laß uns gehn
Haar bis zum Nabel Skalpspeichellecker von einem
der auszog sich nicht fürchten zu lernen Struktur

eines stehenden unsinnig von einem weißblonden Zopf hochgesteckten jede Arschbacke die ich anfasse erinnert mich an deinen Hintern Kastanienkerzen horizontale Kooperation bei klarer Urteilsfähigkeit habe ich vollkommen den Verstand verloren Geist des Unkrautgartens
Im gonna tell you how its gonna be
youre gonna give your love to me
Im gonna love you night and day
you know my love not fade away
you know my love not fade away
es dunkelt schon auf der Heiden
nach Hauause laß uns gehn
von einem der auszog sich nicht fürchten zu lernen

dies meines hertzens feur entdeckt ja wer ich sei ein langsam fahrender Schnellzug mit Verspätung das Beiläufige des Geschlechtsverkehrs äußerste Konzentration auf das Beiläufige des Geschlechtsverkehrs bei klarer Urteilsfähigkeit habe ich vollkommen den Verstand verloren eine Geschichte von Peter
dies meines hertzens feur entdeckt ja wer ich sei
die Ausgänge meines Körpers sind schmerzend geöffnet
komm kühüß mich Liehiebe eh du von mir gehst
denn ich bin der den du betrügst
komm kühüß mich Liehiebe ehe du von mir gehst
denn ich bin der den du belügst
so abgeschnitten so fallengelassen weggeworfen hier

war ich immer schon nestelnd an ihr herum kommen seine aufgeregten Finger damit nicht zurecht da wirft sie sich hoch und hält ihm die nackte Sache entgegen und macht sie breit Liebster versachliche mich ich muß versachlicht werden ich will versachlicht werden du machst mich verrückt mit deiner Sache da legt er los da regt ihn der Duft ihrer Sache auf sie stöhnt nun laut und beide werden heftiger und heftiger und heftiger ihre Sachen trommeln aufeinander herum es kommt schreit sie ihm ins Ohr es kommt Kastanienkerzen Struktur einer stehenden unsinnig von einem weißblonden Zopf hochgesteckten Geschichte von Peter
Im gonna tell you how its gonna be

youre gonna give your love to me
Im gonna love you night and day
you know my love not fade away
you know my love not fade away
blaues Hemd braune Haut schwarzes Haar rotes Hemd weiße Haut blondes Haar weißes Hemd blonde Haut rotes Haar fixiert extra fixiert ich bin fixiert dies meines hertzens feur entdeckt ja wer ich sei
in der Juninacht in der Juninacht
bin ich aufgewacht bin ich aufgewacht
hab ich aufgelacht hab ich aufgelacht
o wo bist du nun unerreichbares Glück
meine Liebste mir kommst nun nie mehr zurück

jede Arschbacke die ich anfasse erinnert mich an deinen Hintern eine Geschichte von Peter Endlosreime bei klarer Urteilsfähigkeit habe ich vollkommen den Verstand verloren nach einer Woche wird es meistens etwas besser jede Arschbacke die ich anfasse erinnert mich an deinen Hintern ein langsam fahrender Schnellzug mit Verspätung I need her so badly
einander oft   und immer so   vorbei gegangen
nie ganz   zuende   nie ganz angefangen
ich bin fixiert extra fixiert fixiert extra auf Spiegelgespräche   Kastanienkerzen   Endlosreime
der frühe Kuckuck ruft durch mein   Gemüt
das unter Regenschauern   endlos   blüht

1

einmal hat sich der Boden unter den Füßen der Gehenden bewegt einmal ist hier ein Hauch von Freiheit und eine Ahnung dessen was Volk heißen kann zu spüren gewesen erstickt in Blut verraten und niedergeknüppelt und in die Bahnen der Ordnung zurück gescheucht nachts sah er die Toten zu Tausenden von den Sternen herab tropfen aber bald war es um sie geschehn sein Körper sog sie an und manchmal hörte er noch ein kurzes Röcheln wie von Sterbenden ehe sie in ihm aufgingen denn es ist der legitimistische Geist der überdauert und selbst noch die Karikatur des Legitimismus findet eher Zutrauen als alle vernünftige Argumentation Menschenknäuel rollen über die Erde die Hände in die Hälse verkrallt die Augen dick und blutunterlaufen aus den Höhlen quellend Haß gegen Haß ein Gewehrkolben saust herunter die Fäuste des Sterbenden verkrampfen sich tief in den Lebenden der schreit vor Entsetzen blutbespritzt da stimmt nun die ganze Versammlung begeistert ein es braust ein Ruf wie Donnerhall und die Musik spielt Heil dir im Siegerkranz so ist denn nun endlich erfüllt was das Volk so lange ersehnt die Raben Hader und Zwietracht sind verschwunden und der schon verwelkte Baum Das Reich beginnt lustig zu grünen und zu blühen denn sie wissen nicht was sie tun

2

unmittelbar nach dem Bekanntwerden der Einberufung des Reichstages setzte ein geradezu atemloses Schweigen und wie es in einzelnen Meldungen heißt ein gewisses Gefühl der Beklommenheit ein das weitaus größte Interesse aber fand jener Teil der Führerrede in welchem der Führer vom Volke die Ermächtigung forderte überall dort wo nicht bedingungslos im Dienste der größeren Aufgabe gehandelt werde sofort eingreifen zu dürfen er wußte daß man nicht ungedeckt vorgehen darf aber er war wie von Sinnen vor Haß Haß auf den Krieg Haß auf sich selbst denn sie wissen nicht was sie tun die Volksgenossen aus allen Reichsteilen glauben daß sich augenblicklich nichts Entscheidendes ereigne daß aber über Nacht eine Änderung eintreten könne solange die Truppe voll guten Mutes mit Lust und Leichtigkeit kämpft ist keine Veranlassung Willenskraft in der Verfolgung von Führungszwecken zu zeigen sowie jedoch die Umstände schwierig und Außerordentliches geleistet werde so geht die Sache nicht mehr wie mit einer gut geölten Maschine sondern diese selbst fängt an Widerstand zu leisten und den zu überwinden gehört die Willenskraft des Führers die Volksgenossen glauben nicht daß sich augenblicklich etwas Entscheidendes ereigne daß aber über Nacht eine Änderung eintreten denn sie wissen nicht was sie tun

3

daß ein politischer Umsturz als Bewegung eingeleitet werden könne von einer Handvoll Leute die im Hinterzimmer einer Kneipe zusammenkommen hier darf dieser Staat keinen Zweifel daran lassen daß er im Besitz der legitimen Machtmittel ist von der größten Wichtigkeit ist aber der Zustand des Offizierscorps es wiederholt sich hier was im Leben allgemeine Erfahrung die unteren Schichten sind stets das was die oberen aus ihnen machen das höchste Gesetz jedoch ist was der Herrscher sagt stolz weht die Flagge schwarzweißrot an unsres Schiffes Mast dem Feinde Tod der sie bedroht denn sie wissen wohl was sie tun im ganzen Reich aber wurde erzählt der Rückzug habe teilweise die Form einer regelrechten Flucht angenommen Herrscher über die Gebilde des Daseins baue der Dichter nicht kleine schmutzige Hütten sondern Tempel in denen die Leitbilder des Gemütes ihre Opferstände ein Einzelner allein kann niemals so viele Menschen töten als seine Passion fürs Überleben sich wünschen mag er kann andere dazu veranlassen oder sie dirigieren als Feldherr sein Name wächst mit der Zahl der Toten und der Schrecken den die Macht erregt auf den sie eigentlich aus ist hängt an der Massenhaftigkeit der Opfer einen Krieg anzufangen ist kinderleicht aber was aus dem einmal angefangenen wird das spottet jeder Beschreibung denn sie wissen wohl was sie tun

4

und der Jüngling drückte sich den Kronhelm fest auf das goldene Lockenhaupt und schwang das Schwert blitzend der Morgensonne entgegen ja rief er wenn Menschenkraft es mag ich will das Reich erneun und mit jener Inbrunst die unsere Herzen zum Glühen brachte gewann unsere Seele die Macht eines Glaubens der über alle Entweihung des Alltags hinweg entscheidend wurde Hakenkreuz am Stahlhelm schwarzweißrotes Band die Brigade Ehrhardt werden wir genannt erklärt sich die Internationale als Erbin aller revolutionären Bewegungen und Vorkämpferin des Proletariats ist sie das Herz der Weltrevolution es liegt aber im Interesse dieser Weltrevolution daß friedliche Beziehungen zwischen den Völkern bestehen sie kann nicht mit der Waffe in der Hand von außen aufgedrängt werden denn sie wissen nicht was sie tun lieber Tommy fliege weiter wir sind ja nur Bergarbeiter fliege weiter nach Berlin die haben alle ja geschrien mit jener Inbrunst die unsere Herzen zum Glühen brachte und unserer Seele die Macht eines Glaubens gewann der über alle Entweihung des Alltags hinweg entscheidend wurde der Krieg ist aber nichts als die Fortsetzung des politischen Verkehrs mit Einmischung anderer Mittel und dieser politische Verkehr hört durch den Krieg selbst nicht auf und wird nicht in etwas ganz und gar anderes verwandelt denn sie wissen nicht was sie tun

5

rissen sie die Verwundeten hervor und schlugen auf sie ein und zerrten die schreienden Frauen mit sich fort es ist der legitimistische Geist der überdauert und selbst noch die Karikatur des Legitimismus findet eher Zutrauen als alle vernünftige Argumentation Hakenkreuz am Stahlhelm schwarzweißrotes Band die Brigade Ehrhardt werden wir genannt sie schrieen wie Tiere wir leben sowieso wir leben sowieso wir leben sowieso nicht lange mehr denn sie wissen nicht was sie tun vom Dach beobachtete er wie kleine graue Gestalten aus den Gräben sprangen und über das Feld vorwärts stürmten eine kurvenreiche Kette die sich die ganze Front entlang zog und er weinte auf dem Dach einen Krieg anzufangen ist kinderleicht aber was aus dem einmal angefangenen wird das spottet jeder Beschreibung denn sie wissen nicht was sie tun der Gott der Eisen wachsen läßt wird nach unserer Auffassung mit der Religion verschwinden in dem Maße in dem der Sozialismus erstarken wird die gesellschaftliche Entwicklung wird diesem Verschwinden Vorschub leisten wobei der Erziehung eine besonders wichtige Rolle zufällt wir alle sind aber durch die nachträgliche Kenntnis jener Dinge sehr mißtrauisch geworden jenes ungeheuerliche Exempel steht nah genug vor uns und selbst die noch an Befehle glauben würden sie zweimal umdrehn bevor sie einem gehorchten denn sie wissen wohl was sie tun

6

weil aber unter dem kriegerischen Genius eine eigentümliche Richtung der Seelenkräfte verstanden wird so kann sie da nur selten vorkommen wo in einem Volke die Seelenkräfte nach so vielen Seiten in Anspruch genommen werden je mehr aber die kriegerische Tätigkeit bei demselben vorkommt umso mehr muß sich auch der kriegerische Genius in demselben verbreitet finden denn sie wissen nicht was sie tun hier darf der Staat keinen Zweifel daran lassen daß er im Besitz der legitimen Machtmittel ist im Bewußtsein des ganzen Zutrauens zur Legitimität des Reiches welcher Zählung auch immer das Erste Zweite Dritte Reich nichts nämlich wirkte so nachhaltig wie die Erfahrung der Illegalität der Gewalt denn sie wissen wohl was sie tun unmittelbar nach Bekanntwerden der Einberufung des Reichstages setzte ein großes Rätselraten ein und der Eröffnung des Reichstages wurde mit geradezu atemlosem Schweigen und wie es in einzelnen Meldungen heißt einem gewissen Gefühl der Beklommenheit gefolgt nach anderen Meldungen aus allen Reichsteilen glauben die Volksgenossen daß sich augenblicklich nichts Entscheidendes ereigne daß aber über Nacht eine Änderung eintreten könne auf daß sich der Materialismus mit den Heilshoffnungen der unteren Schichten verbände Völker hört die Signale denn sie wissen wohl was sie tun denn sie wissen wohl was sie tun

7

der Gott der Eisen wachsen ließ wird nach unserer Auffassung verschwinden in dem Maße in dem der Sozialismus erstarken wird die gesellschaftliche Entwicklung wird dem Vorschub leisten die geschmacklose Redensart von dem an die Wand drücken bis sie quietschen will er niemals in seinem Denken geschweige denn auf seiner Lippe gefunden haben denn sie wissen nicht was sie tun nach Meldungen aus allen Reichsteilen glauben die Volksgenossen daß sich augenblicklich nichts Entscheidendes ereigne denn sie wissen nicht was sie tun Vereinigungen welche den Umsturz der jetzt bestehenden Staats und Gesellschafts Ordnung bezwecken sind zu verbieten dasselbe gilt für Bestrebungen die in einer den öffentlichen Frieden und insbesondere die Eintracht der Bevölkerungsklassen gefährdenden Weise zu Tage treten denn sie wissen wohl was sie tun Legitimismus und der Aufschrei der Herzen sind unversöhnliche Gegner es ist der legitimistische Geist der überdauert und selbst noch die Karikatur des Legitimismus findet eher Zutrauen als alle vernünftige Argumentation denn sie wissen wohl was sie tun großfressig nach außen und nach innen verprügeltes Zivil lieber Tommy fliege weiter wir sind ja nur Bergarbeiter fliege weiter nach Berlin die haben alle ja geschrien denn sie wissen nicht was sie tun

8

das Reich ist ein von den Staaten geschlossener ewiger Bund zum Schutze des Bundesgebietes und des in ihm gültigen Rechtes sowie zur Wohlfahrt des Volkes Licht aus Messer raus Noske schmeißt mit Handgranaten denn sie wissen nicht was sie tun Völker hört die Signale sie schrieen wie Tiere und zerrten an dem Kopflosen dessen Beine sich noch bewegten Gestank der Leichenfelder mit letztem Atem sprach er er soll mich rächen und das Reich erneun denn sie wissen nicht was sie tun wo könnten führerlos verloren wir im materialistischen Chaos uns besser selber finden als im Spiegel vaterländischer Geschichte denn sie wissen wohl was sie tun einmal hat sich der Boden unter den Füßen der Gehenden bewegt einmal ist hier ein Hauch von Freiheit und eine Ahnung dessen was Volk heißen kann zu spüren gewesen erstickt in Blut verraten und niedergeknüppelt und in die Bahnen der Ordnung zurückgescheucht denn sie wissen wohl was sie tun Feinde die er hatte und die gesiegt hatten konnten nicht daran gehindert werden zu überleben wohl aber könnten noch die Reste des eigenen Volkes zerstört werden denn sie wissen nicht was sie tun und alles was er ausgerottet hat ist wach in ihm und ruft nach unendlicher Vermehrung das ist die größte Masse geworden über die er je verfügt und sie ist sein Geheimnis denn sie wissen nicht was sie tun

9

die großen Reichsgründungsvölker haben sämtlich die Vaterfolge entwickelt dies hat seine Ursache darin daß die Gründung großer politischer Gebilde nicht leicht dauernd von kleinen Kriegergemeinschaften getragen werden kann denn sie wissen wohl was sie tun sondern bedingt die grundherrliche Unterwerfung der Landgebiete denn sie wissen wohl was sie tun es wiederholt sich hier was im Leben allgemeine Erfahrung die unteren Schichten sind stets das was die oberen aus ihnen machen lieber Tommy fliege weiter wir sind ja nur Bergarbeiter denn sie wissen nicht was sie tun denn sie wissen wohl was sie tun es ist der legitimistische Geist der überdauert denn sie wissen wohl was sie tun der Aufbau des Reiches hat nämlich zwei ganz getrennte Seiten gezeigt eine zivil demokratische und eine militärisch autokratische die erstere hatte ihre stärkste Verkörperung in dem auf Grund allgemeinen gleichen und geheimen Wahlrechts gewählten Reichstages denn sie wissen wohl was sie tun die zweite bestand aus der Krone und dem Heer die Verbindung aber zwischen Krone und Heer bildete die kaiserliche Kommandogewalt und Adolf Hitler nichts als das Produkt der staatlichen Legitimität an Bismarck und Hindenburg wohl trainiert denn sie wissen nicht was sie tun

10

hat doch die Arbeiterklasse keine fix und fertigen Utopien durch Volksbeschluß anzubieten denn sie wissen wohl was sie tun vielmehr ihre eigene Befreiung und mit ihr jene höhere Lebensform erst hervorzuarbeiten der die gegenwärtige Gesellschaft in ihrer ökonomischen Entwicklung entgegenstrebt denn sie wissen wohl was sie tun und eine ganze Reihe geschichtlicher Prozesse muß durchgemacht werden durch die sich die Menschen wie die Umstände gänzlich umwandeln werden denn sie wissen wohl was sie tun Spartakisten kregt keen Botter die Soldaten aber machten es sich in den verlassenen Häusern so gemütlich als möglich denn sie wissen nicht was sie tun es sei denn die Rücknahme der Staatsgewalt durch die Gesellschaft als deren eigene lebendige Macht an der Stelle der Gewalt die sich die Gesellschaft unterordnet und sie unterdrückt denn sie wissen wohl was sie tun es sei denn die Rücknahme der Staatsgewalt durch die Volksmassen selbst die an Stelle der organisierten Gewalt der Unterdrückung ihre eigene Gewalt schaffen denn sie wissen wohl was sie tun in allen Reichsteilen aber glauben noch immer die Volksgenossen daß sich augenblicklich nichts Entscheidendes ereigne daß aber über Nacht denn sie wissen nicht was sie tun

kleine Kantate über Entfremdung

Clytus Gottwald gewidmet

1

der Gegenstand der Arbeit tritt ihr als ein
fremdes Wesen gegenüber
das ist der Verlust der ursprünglichen Freiheit
an die durch Vertrag entstandene Gesellschaft

2

mir selbst ich selbst entschwunden
voll Haß Not Wut und Leid
in dieser ungesunden
unwiderrufbarn Zeit
das Fremdeste zitierend
o Haupt voll Wundenblut
selbst mir mich selbst erfrierend
ists wars und wirds nicht gut
o Haupt voll Blut und Wunden
voll Haß und voller Pein
die zögerndste der Stunden
was zukommt fällt nicht ein

3

unter Freiheit versteht man
der Gegenstand der Arbeit richtet sich gegen
seinen eigenen
damit der selbstbewußte Mensch die Selbst-
entäußerung als sein
unter Selbstbewußtsein versteht man
der Gegenstand der Freiheit richtet sich
damit der arbeitende Mensch
damit der freie Mensch sein wahres Dasein
als sein

4

sags sags doch Haß Verzweiflung Schrecken
den toten Leichnam wirds nicht wecken
sags schreis brülls ins taube Ohr
und bist so schlau als wie zuvor
schlau möchtst du sein weißt nicht ob
    dus vermagst
vielleicht bist dus was du auch sagst fragst
    klagst jagst wagst
vielleicht auch nicht töricht und unbelehrbar
so daß verschwindet was schon einmal mehr war
frags frags doch fragender Befrager
Affirmativer Überläufer und Jasager
gebärde wies dich prügelt dein Gebaren
und wie du fragst du wirst es nie erfahren

5

alle Entfremdung des Menschen ist also nichts
    als die Entfremdung des wirklichen
    menschlichen Wesens des Selbstbewußtseins
    aller Entfremdung des Menschen

6

jeder wird als Mensch gesehn
einmal schaun wir früh hinaus
weil wir arg verfroren sind
und da wird ein gastlich Haus

Rückblick auf das Jahr 1974

bereits im November 74 hatte meine Hand die Neigung auf
Briefköpfe die Jahreszahl 75 zu schreiben
1974 war keine Primzahl
ich mache Vorbehalte
das Durchhauen des Kohlhaupts Klappentexte Armin Sandig
Köln Meret Oppenheim Stuttgart Dorothee von Windheim
Köln Gerhard von Graevenitz Bremerhaven Henri Michaux
Sankt Gallen Gottfried Honegger Stuttgart
ich mache Vorbehalte
einige Wiedersehen unruhiger Sommer
merkwürdig angenehme Erinnerung an den Hauptbahnhof
Hannover
die Vorbehalte werden nicht weniger
Traum von der Rückverwandlung der Erde in einen
menschenleeren Steppenwald
ich habe angefangen Menschen nicht mehr zu mögen
sieben Wochen Juist vierundsiebzig Mal gebadet Krimiserien
Boney Cannon Kojak
die Vorbehalte werden nicht weniger
Gefühlsaufwallung vor dem Schaufenster eines Spielwarenladens
wie lange das her ist daß ich eine Spielzeugeisenbahn gekauft
habe
die Vorbehalte sind nicht aufzulösen
unruhiger Sommer herbstliche Depression nichts ist eingelöst
worden
Traum von riesigen schluchtenüberspannenden
Zeltkonstruktionen die niemandem zunutze sind Architektur
die menschenabstoßend wirkt Einsicht in Sankt Gallen
es ist mir auch in diesem Jahr nicht gelungen in die Schicht der
Vorbehalte einzudringen
ich habe gelebt aber ich weiß nicht ob ich es bewußt geworden
bin

langsam zerfallende riesige Kuppeln durch deren Risse
metallisch glitzernder Schlamm tropft
graue Fahnen des fahlen Dezemberhimmels
es sind die Vorbehalte die sich der Artikulation widersetzen
unerträglich weiter anwachsende Datenmasse der Erinnerung
es sind die Vorbehalte die sich der Artikulation widersetzen
Traum von der Rückverwandlung der Erde in menschenleere
Savanne riesige Blumen der Märchenurzeit ein einziger
Mensch im Dreieck Mainz Wiesbaden Darmstadt
graue Fahnen des fahlen Dezemberhimmels die den Begriff der
Urzeit stellen
ich habe gelebt aber ich weiß nicht ob ich es bewußt geworden
bin
ich lebe weiter als Überläufer an allen Fronten
das ganze Problem der neueren Literatur besteht darin ob
stoffliche Auffüllung selbst Form zu bewirken vermag
ich mache Vorbehalte mein Leben ist Vorbehalt
das Jahr 1974 sagte am Freitag dem 13. 12. Walter Renz war ein
Jahr ohne Substanz

Gelegenheitsgedicht

zum Todestag von Marie Luise Kaschnitz

Orte mir lange bekannt sterben ab über den Hof werden Särge getragen die Kinder auf ihren Rädern durchfahren die Toten leichthin tief unten im schwarzklaren Wasser die Märkte der Toten kostbarste Zeit vertan an den Strohkönig Zeit

unerträglich weiter wachsende Datenmasse der Erinnerung nicht mehr verwertbar die Erinnerung an den Geruch des Dill ist nicht der Geruch des Dill und was es gibt gegeben hat geben wird ist nichts als eine Spur die eingedrückt eingefaltet zugefaltet eingedellt weggelegt es kommt kommt es es kommt drauf an die Spur zu entkeimen wenn Lärm abstirbt mitten am Tag alt werden heißt vergehen in die Erinnerung wenn nahebei alles wie immer wie wenn nichts passiert kichernd wie Fünfzehnjährige unheimlich leicht besoffen mitten in die Erinnerung hinein explodiert ins Aufgeblendete Aufgerissene Bloße Tod Entkeimer der Rede Tod Entkeimer der Spur Tod Entkeimer des Eingedrückten Zerdellten Verdeckten was da

Orte mir lange bekannt sterben ab über den Hof werden Särge getragen die Kinder auf ihren Rädern durchfahren die Toten leichthin tief unten im schwarzklaren Wasser die Märkte der Toten kostbare Zeit vertan an den Strohkönig Zeit

nicht genug kriegen können und es nicht mehr zu kriegen wissen daß wovon nicht genug gekriegt alle geworden sein wird hängendes Fleisch hängender Arsch aber die Höhle noch immer warm expandierbar zattriges Fleisch zattrige Psyche zattrige Lust Fleisch das sich lockert nicht vom Fleische fallen sondern das Fleisch fällt ab herab schlägt herunter nicht zu Kreuze kriechen sondern das Kreuz bekriecht mich und seine Nägel schnellen mir schmerzhaft blendend entgegen zerschmölze doch zerschlagen lieg ich tief in drin dies Gift das tief ein Keim von nichts von nichts ein Ende

Orte mir lange bekannt sterben ab über den Hof werden Särge getragen die Kinder auf ihren Rädern durchfahren die Toten leichthin tief unten im schwarzklaren Wasser die Märkte der Toten kostbarste Zeit verloren an den Strohkönig Zeit

Versuch auf griechisch

wenn ich griechisch könnte würde ich griechisch mit dir reden
aber ich kann kein griechisch
Amérys Satz auf der Fahrt von Brüssel nach Waterloo 24. 9. 1975
  regennasse Straße atlantisches Sturmtief Rotlicht überfahren
  drohende belgische Polizisten
du machst mich an gesprochen in kölnischem Dialekt
you turn me on sagte Améry bezieht sich auf den rein sexuellen
  Bereich
die Stimme des Telefons überrascht ich bin immer pünktlich
eingerieben zwischen Daumen und Handinnenfläche
Blick über Bäume im Traum gegen die Motorhaube gelehnt die
  Nippel stehn lange und hart
blick mich an blick mich an blick mich an
ich kann kein griechisch und habe Schwierigkeiten mit der
  klassischen Bildung alle die Patmosse Lesbosse Apollos
  Dionysosse
den Griechen ihre antike Nacktheit ist voll von ideellem Gehalt
nackt ohne Gehalt unsere Nacktheit einfach nur nackt
zu lernen daß Nacktheit anstelle Gehalt
sag Griechin wärst du in deinem Griechenland nicht sicherer
wenn aber der Druck steigt wächst die Gefahr daß alles platzt
obwohl Druck schöne Sachen macht vielleicht bißchen psycho
wem der Dampf auspißt kaut auf Knochen
loosing steam and loosing Sinn moktn schrumpligen Büdel unn
  lüttn Pin
schrumpelnde Gegenwart schrumpelnde Eigenart
  apfelschnittbraun
die Bräune durchschnittener Äpfel
auf griechisch würde ich griechisch mit dir reden aber ich kann
  kein griechisch und du kannst mich nicht verstehn
sexuelle Vereinigung bedeutet Einsicht in die Sache nicht in die
  Psychologie

deine Raserei dein Grunzen öffnet dich aber nicht deine
    Psychologie
auch wenn ich es nicht aushalten kann stürze ich in das Fleisch
    das offen klafft hin
in das Fleisch das definitiv und im alleräußersten Sinn
mir gegenüber ist und ich nicht bin
nackte Torsen im Halbschlaf ununterbrochen gegeneinander
    vertauscht repetierbar
viergeteilte Ärsche repetierbar
der Vogel ganz und gar nach Idaho verflogen Bahndamm
    Thoreau
verknittert und verklebter Mond
wir haben unter diesem Mond gewohnt
verknittert und verklebter Mond
wir haben unter diesem Mond schon lang gewohnt
verknittert und verklebter Mond
wir haben unter diesem Mond mag sein zu lange schon gewohnt
meine Sprache ist ein Geräusch

die sich selbst verschlingende Handlung schreibt die Schrift
die sich selbst verschlingende Schrift schreibt die Handlung
die Schrift die nicht lesbar ist ist die Schrift die zu lesen ist
im Tod des Einblicks
im Tod des Einblicks verschlungene Schrift
das Unterbewußtsein des Löwen
Rauchfahnen über den Hügeln des Horizonts Schlangen gleich
Rauchzeichen auf den Kobalthügeln
Schriftfahnen Schlangen gleich
Störer Entstörer Verstörer
Semantik Syntax Grammatik und heimliche Botschaft des
  Schriftbilds
verschlungen in dieser Nacht Erkennbares
in Notdurft Benennbares
Hügelketten aufsprengend den Horizont
was zu leisten nicht schien gekonnt
löscht der Regen nicht der nachtentlang rauscht
was verschleudert wurde ist vertauscht
niedergestreckt in kostbar vergessen
meins deins seins ihrs unsers euers wessen
sprenge die senkrechten Baumketten auf und treibe die Bäche
  hinab die gurgelnd ins Dunkel des Inneren stürzen
reiße die Senkrechte hoch und versuch mit zurück gebogenem
  Nacken das Zeichen zu kürzen
in den Gründen des schwarzen Gebirges haben die Nächte ein
  längeres Ende
länger ins leuchtende Licht des Horizonts hängen die alternden
  Hände

erstes Gelegenheitsgedicht auf mich selbst 1976

wenn ich es genau wüßte könnte ich es sagen
da ich es nicht genau weiß kann ich nur drumrum reden
unentschieden das zu tun was ich nicht tun möchte höre ich auf
den der ich nicht gewesen bin
unentschieden das zu tun was ich nicht tun möchte tue ich das
Falsche das richtig sein wird dadurch daß ich es getan haben
werde
wir leben in der Hölle aber wir kennen sie nicht genau
es kommt darauf an unsere Erlebnisse in der Hölle zu
beschreiben
ich begreife nichts und alles ist ein immer überall wartender
Schreck
aber zwei Flaschen Bier und ein alter Film im Fernsehn bringen
mich über das alles weg
ich mir selbst angerichtetes Gericht
verhungernd noch eß ich was ich mir angerichtet habe nicht
mit beiden Armen rudernd schwimm ich durch die trüben
Tümpel meiner Illusion
der therapeutische Effekt verkehrt sich ohne Lohn
das Dreieck einer Wiese hängt einen Hang herab
ein Tuch schwappt in der Brise der ich mich hingegeben hab
erschöpft vom Reagieren zähl ich den Mohn im Haferfeld
in mir auf allen Vieren kriech ich durch meine Welt
ich stürze wutgeblendet durch Jugendstilgelände
ein aus und um gewendet gehenkt an meine Hände
langsam bewegt sich die Maßschneiderei Häffelen vorbei es
folgen drei weiß angestrichene Bänke die mir den Rücken
zukehren
Kabelrollen Torfdüngersäcke Telefonzellen ebenfalls mit dem
Rücken zu mir Geranien in grünen Holzkästen
Zigarettenreklame HB
Toto Lotto F 6 stop 04 F Gras Weißdorn Holunder Wegedreieck
Stangenholz

ich ich und ich ich ich ich ich
ich bin nicht in der Lage Realität anders zu sehn als im
Zerrspiegel meiner mich überschwemmenden Wut
die Differenz zwischen meiner Wut und deren Rationalisierung
ist unaufholbar
ein Kruzifixus in Bamberg strohpapierblumenkranzverziert die
pralleren Ärsche der Frauen in Würzburg oder Zürich
sind die Schweizer Frauenärsche anders als die andern
anders als mag sein Mariekes Arsch in Flandern
runder breiter steiler spitzer glatter weißer oder wie von Hodler
unerhört libidinös aufblühn nächtliche Jodler
wechselnd zwischen den Gravitationsfeldern klitoridaler
Anziehungskraft
Stillstand in der Überschneidung klitoridaler Gravitationsfelder
er konnte nicht klar sehen weil er sich immer noch unter Wasser
befand
in den wenigen Augenblicken in denen es ihm gelang
aufzutauchen sieht er eine Welt die ihm vollkommen fremd ist
was hat uns heute nicht alles begegnet all die Tierchen

zweites Gelegenheitsgedicht auf mich selbst 1977

es kotzt mich an von denen Wahrheit zu vernehmen die sie
verkauft nicht los zu werden wehren
es kotzt mich an von denen Wahrheit zu vernehmen die sie
verschleudert ausverkaufen nicht zu können sich beschweren
es kotzt mich an daß ich mir selber marktgerecht
was ich fürwahr für wahr zu halten zu verkaufen schlecht
wahr wird gemessen nun am Warentest
erst die Rendite macht die Wahrheit wahrlich fest
beschissen sein ist in ein Dreck
in dem drin der wie jeder der drinsteckt auch ich drinsteck
das Grundrecht findet darin seinen Grund
daß ich ein Arschloch bin ein armes Schwein ein blöder Hund
es kotzt mich an
jedoch beruhigt weil ich es nicht ändern kann
ich bekenne offen daß ich schon das Gerede von aufbauenden
Werten für faschistisch halte
keiner will mehr am allerwenigsten will er differenzieren
aber ich kann doch wegen dem einen nicht auch den anderen
Arsch hofieren
ich kann doch wegen Augstein nicht auch Springer oder Reich-
Ranicki mögen leiden
obwohl ich kann wirklich diese oder andre kaum voneinander
unterscheiden
geht da der Luftzug wo alles erlaubt ist nur nicht Nachfragen
die Entscheidung nur die ist zwischen ja sagen und ja sagen
geht da der Luftzug wo wer von wem und von wem nicht darf
sagen was heißt Ermorden
die Straße der Gewalt ist eine Einbahnstraße geworden
dagegen heißt den Duft des eigenen Furzes genießen
vergnügt kann wer mitmacht den Schließmuskel schließen
Maihofer segelt übers Eis
und singt wie gut daß keiner weiß

daß ich Rumpelstilzchen heiß
Rumpelpumpel Rumpelwacker Rumpelaufrecht
    Rumpelschnacker
Maihofer segelt über das sehr glatte Eis
was ich nicht weiß macht mich nicht heiß
und damit mußt du dich identifizieren
dies ist der Paravant der Vorwand den kannst du beschmieren
daß ich Rumpelstilzchen bin
ich Kollege Wackelkinn
den Klitsch im Kuchen backt sich die Partei von ganz alleine hat
    Willy Brandt gesagt das find ich nicht verkehrt
Hauptsache das politische Bewußtsein wird nicht allein von
    Mißgunst Haß und CDU ernährt
Klitsch wie Klitsch kann denn Klitsch ist in
laß fahrn dahin
sie habens kein Gewinn
auf dem Bahnsteig Hannover-Hainholz steht mit
    hochgeschlagenem Mantelkragen Manès Sperber im Regen
    und wartet

drittes Gelegenheitsgedicht auf mich selbst im Konjunktiv 1980

Ernst Jandl gewidmet

wäre ich Ringer geworden oder General
wäre mir möglicherweise wie jenem anderen alles egal
ich wäre vorzeitig pensioniert oder hätte eine ein bißchen aus
dem Leim gegangene Modellfigur
ich würde mich ohne nachzudenken und ohne Zweifel schmeißen
in Positur

wäre ich dieses oder jenes geworden würde ich mich vielleicht
wirkungsvoller abreagieren als ich es jetzt zu tun pflege
wo ich nachts im Halbschlaf Vorgesetzten mit dem
Küchenmesser Schwanz und Hoden absäge
ich hätte einen kleinen Penis und Muskeln dick und obszön
ich könnte wen ich wollte zusammenschlagen und fände das
schön

an mir hättet ihr einen auf den könntet ihr frei nach Brecht
überhaupt nicht baun
es sei denn wie gesagt in der Lust in die Fresse zu haun
ich würde nicht fragen ob es angenehm wäre einer Frau beim
Onanieren zuzuschaun
ich würde mich ihre Scheide zu betrachten nicht traun

ich wäre pausenlos im Training mein Tageslauf wär angefüllt
es läge zutage was sich hätte sowieso nicht verhüllt
ich ließe gut trainiert ein Bein langsam über meinen Nacken
rutschcn
um zwecks Energieersparnis meinen eigenen Penis auszulutschen

morgens im Traum würde ich nicht länger befürchten daß die
drei oder vier Morde
die auch ich begangen habe ans Licht kommen preisgegeben dem
Zeigefinger der unerbittlichen Horde
ich wäre stinknormal und nicht angeknackt oder aussortiert
zuversichtlich fröhlich und wie gesagt durchtrainiert

ich könnte angenehm auch im politischen Unrecht leben
ohne sogar den Anspruch auf Reproduktion der Lüge in der ich
lebe aufzugeben
es wär mir egal ob der Ministerpräsident oder Bundeskanzler
soundso ist eine Flasche
oder lügt er sich auch nur wie der oder jener in die eigene Tasche

Verse würde ich wiederholen naiv die ich vor langer Zeit
gemacht
bei denen habe ich mir wenn ich mich recht erinnre sogar was
gedacht
Engel traten zum Beispiel da dennoch und vor mich hin
haben mich angesehn und gesagt dann daß ich ihr eigen bin

wie wären nach vielen von Ehrgeiz Alkohol Krankheit Alter
verwüsteten Jahren
wir gewesen wenn wir geblieben wären wie wir einmal waren
reizende Kinder und o der Matrosenanzüge und stolzer Eltern
Lust
Joyce mit fünf Kafka sechs zwölfjährig Nixon Brandt Proust

wenn ich ein wenig weniger Lust zu leben gehabt hätte wäre ich
vielleicht schon vor Jahren gestorben
aber ich hätte deswegen noch lange nicht das ewige erworben
wie michs auch ankotzt die Straßen im Juni hangan mittags als ob
sie mich mir versprächen
auf deren backsteinblauem Pflaster die Fortsetzungen endlich
zerbrächen

abgebrochene Unternehmungen halbherzig Vorsätze die wie
Erfolg aussehn
was ich vorgehabt habe unterlassen und zu übergehn
Stapel Papier unerledigt die niemals erledigt werden werden
ohne Reue im Anfangsbuchstaben steckengebliebene Gebärden

möchte wollte hätte könnte wäre wäre gewesen
anders herum auch weder falscher noch richtiger zu lesen
Möglichkeit ausgesprochen ohne Dimension
was wäre wäre auch nicht schon

langsam der Flügelschlag einer Möve durch nebligen
Ferienmorgen
in die Radiomusik aus Blockflöte und Cembalo Couperin
verborgen
hätte und wäre gehören lächerlich mir im Konjunktiv
weil was anders gelaufen wäre sowieso nicht lief

wie dem fünfzehn Monate alten Johnny eine Badewanne amputiert wurde. Ballade aus den siebziger Jahren

Mäuse fraßen Vermögen
Hansi hat den größten Bums
Sex-Boxer jede Nacht 8 mal
Ameisen fraßen Krebskranken
Pornokönig weinte im Rollstuhl
sind die Gewerkschaften maßlos
toter Mann in der Wurstmaschine
Busen 19 cm verkleinert Scheidung
keine Lackstifel im Bett Scheidung
aus Sängerknaben wurden wilde Stiere
Berliner Operntenor sang zu viel tot
Oberstudienrat ging fremd erschossen
Pornokönig feiert Orgien im Gefängnis
Regierungschef saß tot beim Frühstück
wie starb die Geliebte des Polizisten
reiche Witwe erhängt sich im Apfelbaum
seid mir nicht böse ich sterbe vor Scham
immer danach wurde die Ehefrau ohnmächtig
Millionärstochter starb nackt im Maisfeld
deutscher Keksfahrer verführte 10000 Frauen
Eifersucht Mann köpft seine Frau im Ehebett
deutscher Tenor verführte Mädchen im Schrank
Dr. Mord 17 neue Frauen alle tot viele nackt
gefaßt der irre Fummler der wie Tarzan schrie
Deutsche bekam Zwillinge eins schwarz eins weiß
Hormonpille Frau behaart wie Gorilla Herzschlag
Selbstmörderin vergewaltigt sie wachte auf gerettet
Dichterin schluckt Gift auf Party TV filmt ihren Tod
mittags in Solingen nackter Waldmensch pflückt Blätter
tot nach Sex-Party Schönheitskönigin von Yacht geworfen
beim ersten Kuß fiel er um beim zweiten brannte das Zimmer
nacktes Mädchen saß auf dem Schreibtisch und zahlte Zinsen
6 kleine weiße Männer aus dem All im Tiefkühlfach in Alabama
Todesschuß im Bett Frau überrascht ihren Mann mit einem Mann
Schlacht im Kaufhaus Mutter verteidigte ihre Ehre 7 Verletzte
die Eltern prahlten mit ihren Seitensprüngen die Kinder litten
was treibt eine Frau dazu ihren Mann mit dem Auto durchs Kornfeld zu jagen
wenn in der Hölle kein Platz mehr ist kehren die Toten auf die Erde zurück
dem 15 Monate alten Johnny ist im Krankenhaus von Adelaide eine
Badewanne von seinem Finger amputiert worden

Juistgelegenheitsgedicht

Ludwig Greve in Freundschaft zugeeignet

1

Seewind bei Nacht und was er erzählt Beuteln der Fenster
die Brandung redet fern und vor sich hin
Böen Gewitterwind Gewitter früh vom Festland her
der Ebbdrift nach wattabwärts abgetrieben weit aufs hohe Meer
der Regen klatscht stockt klatscht holt Luft klatscht weiter
im halben Schlaf ein halber Traum Halbschlafbegleiter
Traummischung aus was einst und ganz bevorgestanden
nun unabänderlich vorbei und mir abhanden
wie quergestreift die Wand der See vom Dünenrand gesehn
die wahre Flachheit undurchdringlich niemals zu verstehn
seewindgespreizte Dünensandhand greifend ins Gesicht
während ein Strahl die Wolkenwand durchbricht
der Möven schräger Fall wie eines Flüchtgen Umriß stürzend
Figuren wie auf Stelzen perspektivisch sich verkürzend
nun stockt der Schritt zielunbewußt
hinstürzt im Mövensturz das Anschaubare ein in meiner Brust
stehe ich unfähig zu fallen
ein ausgehändigt Ausgehängter zwischen Zeh und Ballen
Ausrufungszeichen meiner selbst mich nicht und nichts bewegend
Sinnbild dieser allzu allegorischen Gegend
und wenn der Sonnenball tropfend verglüht
beleckt das Meer mit flacher Zunge schnalzend mein Gemüt
Seewind bei Nacht Beuteln der Fenster
die Brandung redet fern und vor sich hin
Böen Gewitterwind Gewitter früh vom Festland her
der Ebbdrift nach wattabwärts abgetrieben weit aufs Meer
Bernie im Seebad von Wilhelm Scharrelmann
Ausflug mit Ida nach Norderney als Ruth unterwegs war
Ausflüge September vierundsiebzig nach Langeoog und Borkum
aus den Regenwolken vor der Bill taucht lautlos der Schatten
eines Segelflugzeugs auf

Bill Loog Kalfamer
tief eingegrabene Spur wie lange das her ist
voll von salzigem von Geruch nach Meer und nicht mehr ist
in den fahlgrün aufgeplusterten Sanddornsträuchern verschreit
    ein Fasan mit blecherner Stimme eine Dünenkatze

2

ein ganz gewöhnlicher Urlaub am Meer
Wolkendecke geschlossen fast kein Wind
sanftes Grau von quer ausgelaufenen Blautönen sanft modelliert
Strandkorbvermieter Buß weiße Schirmmütze schräg im Nacken
    ist nach Haus gegangen
ein einzelner älterer Mann auf einem Bein Bildzeitung lesend ein
    deutsches Standbild
die Flagge des Strandlokals Sturmklause schüttelt ihr eines
    spitzes Ende
Lolita in Grün auf dem Bock einer Pferdekutsche
unter weiß gesprenkelten Brombeerbüschen liegt Ödipus in
    Decken gewickelt bei seiner Mutter Jokaste
einsam am offenen Meer steht Sandor Ferenczi und beobachtet
    wie sein weißes Schwänzchen als Fisch in See sticht
ein Fremder namens August Strindberg sieht ihm zu
auf einer Bank an der Strandpromenade sagt eine Frau misch
    frieret am Hingeren
aus dem Radio Musik die mir den Arsch aufbohrt
geringe Druckunterschiede Nebel in den Dünen ich hasse Nebel
durch den Fensterausschnitt der meinen Blick begrenzt rudern
    zwei Möven
ganz unten eine backsteinrote Dachspitze mit Fernsehantenne
ein ganz gewöhnlicher Urlaub am Meer
Schaum grün abgetrocknet braune Rundmuster aufgetrockneter
    Quallen

Felder lustig rollender weißer Seeigelschalen
pathetisch aufgerissenen Flügels der Mövenrumpf
Ruderbänke salzgrau und stumpf
Superafvas Hernandez Zamorra Soedmilk houdbare volle Melk
lechere Pamplona
Brandspritus Tyffes M Class Alcurina North Shields Box Pool
Nettezza portale Venezia
über den Dünen schaukelnd der Spötter und ohne Reue
zählt er mir Kuckuck rufend die Jahre auf die ich noch hab oder
nicht immer aufs neue

3

wie wohl die ziegelrote dieser Dorfstraßen übersonnte
Wirklichkeit ganz zu fassen
wie wohl norddeutsch und reserviert die Wirklichkeit von
Backstein roten Straßen
Tages und Jahres Zeiten Wind Wolken und Seegeruchs Zeiten
aus der Vorerinnerung Spur jetzt wieder aufzubereiten
dem Feriengefühl ganz auswärts gekehrten und zugleich ganz
innen
wie dem Versprechen dem doch eingehaltenen Platz gewinnen
die Bedarfsplanung der Ferienortnutzung berechnet sich aus
Nutzereinheiten Sozialgruppen und Motivationsfeldern mehr
und mehr
Soziologie des Saisongeschäfts steife Brise Morgenstimmung
leuchtend leer
sinnlichen Schmeckens Körper der gegen den Stillstand meines
Subjektbezugs nach außen dringt
die Nachfrage nach Ferienplätzen ergibt sich aus der Erwartung
die jeder für sich mitbringt
Soziologie den Rücken kehrend Ludwig Greve und ich auf dem
Muschelfeld einst im Nordwestwind

Sozialismus diskutierend zu diskutieren fähig weil wir unter uns
sind
dürftig Bedürftige deren Bedarf von wo und wozu Abkehr
notwendig
unserer eigenen wie auch immer und was haben wir denn sonst
Entfremdung geständig
was sich sozusagen von selbst unserm Gefühl unterlegt unterhält
unterschiebt
weil in der Ermittlung von Nachfrage auch Aktivitäten
berücksichtigt werden müssen die es garnicht gibt
Zwergenwald Kiefernskelette Pappeln Stare Armleutegärten
Kaffeeundkuchengeruch
Strandfeten unserer Kinder deutlich genug
über den Südhang der Dünen haben die Heckenrosen rosane
Netze gezogen
und wieder ist spöttisch rufend der Einzelgänger darüber weg
geflogen
nicht die Soziologie der Möven von Mißgunst
zusammengehaltener Unruheschaffer
sondern der Kuckucksruf ist dieser von mir ganz angefüllten
Gegend Metapher

fünf kleine Landschaften

1

Gerede und halbe Sachen
können niemanden glücklich machen
Felder verlassen chlorgrün
Wald violett nachthin
Nebels weiß malender Schorf
verbirgt Klumpen Dorf
Katzensprung quert Blickfeld
Schnitt der den nichts zurück hält
Sekunden Bruchteils Spalte
Ausweg den ich für möglich halte

2

Reisigfeuer Hang überwolkend die hohe Flöte der Amsel im
März
Schattenlichtkette der Straßenbeleuchtung anspricht das Herz
über mich mit behaarten weit gespreizten Beinen
stürzt was riecht Vergangenheit um sich oral mit mir zu vereinen
blau abgezeichnet Reiz auslösend der Beuge Außenkontur
Endvorstellung Mechanik halluzinierender Phantasie Umrißfigur
Schlaffelder flache enggewebte Traumfelder überquerend
Bildsprachenfelder weite weit ausgebreitete sich selbst
vermehrend
Anschaulichkeitsgewinn Anschaulichkeit verbrauchend im
Traumgeschäft
was zu erwachen nicht drängt ist da vorhanden schläft

3

Grüneisenstraße Linden Ahorn Rasen und Flieder blau
Sandkuhle schwarze Wege und Bänke von Regen und Alter grau
ich fange verrückt an zu werden immer morgens zwischen drei
    und vier
bröckelt allmählich etwas ab von mir
ich fange an auf schräg ansteigenden Flächen zu wohnen
und in Kindheitserinnerung wie in einem Feld Stangenbohnen
Pfefferminzschokoladengeschmack metallen in meinem Mund
der Oktobernachmittag ist plötzlich unbeschreiblich bunt
Weidenstumpfpenis von Knöterich weiß überschwemmt an
    meinem Wege errichtet
Kornweihe quer durchs Blickfeld unlesbar lesbar aufgelichtet

4

ins Pappelland mäandernd die unermüdlichen Wasser ziehn
Maisfelder färben diese Landschaft maisbraun und maisgrün
Wald schiebt sich vor Wälder die in Horizont einsintern ungenau
der Himmel ist weiß vor Wolken und ohne Wolken strahlend
    blau
von der Höhe aus unter den Bäumen geht der Blick ins
    Schussental
wälderdurchschossene Weite ein vereinzeltes Haus sonnengelb
    sonnenkahl
angenommen was auf mich zutrifft mich betrifft und mir zustößt
in einen einzigen tief atemholenden Ausblick ganz und gar
    aufgelöst
ich dachte es wäre vergessen das ist es aber nicht
und ich frage nicht wessen Glück Unglück Lust Unlust sich darin
    ausspricht

5

die Tauben vom Filzengraben die werden mir fehlen morgens im Traum
jetzt weiß ich nicht ob ich wach bin ich spüre mein Wachsein kaum
das Licht rotgold Dezembermorgens hat drei Seiten und ist vom Bett aus zu sehn
was ich nicht erwartet habe ist gekommen überhaupt nicht zu verstehn
übereinander gefaltet der Kummer von gestern Nacht
Januarsonne am Bahndamm hat mich plötzlich ganz glücklich gemacht
die Schwärze der Beinumarmung überlegt das verborgene Paar
ich überlege daß gestern gestern und nicht heut oder morgen war
blau kommt Nacht die auf ihrem Rücken verzweifelten Zweifel trägt
ich stehe so lange aufrecht bis es mich niederschlägt

von der Schwierigkeit

Literatur zu machen im zwanzigsten Jahrhundert

Gelegenheitsgedicht zum Andenken an Hans Erich Nossack

ein Foto hab ich gestern gesehn
auf dem sah ich einen jungen Menschen stehn
Trenchcoat eng geschlungener Gürtel und Baskenmütze
schräges Grinsen im Mund wie bescheidwissend daß garnichts
nütze
einer dem anzusehn war daß er mitzumachen sich entschlossen
hat
egal was es bringt auch zur anonymen wenn es nicht langt zur
großen Tat
in tyrannos gegen Faschismus in seiner historisch konkreten
Erscheinung
nicht die ein für alle mal sondern die andre das ist Wahrheit
Meinung

Erinnerung an frühe Nachkriegslektüre der Untergang der Stadt
Hamburg
Hamstererzüge Polizei am Veddel Parabeln des Untergangs
eine Wohnungstür flüchtig geöffnet und wieder zugeknallt
Geruch alter Treppen nach Bohnerwachs Geruch nach
vergangener Zeit
Fahrstühle in Gittern mit der Aufforderung in die Mitte zu treten
Staubgeruch und die Erinnerung an einen Gesichtsausdruck aus
Skepsis und Ekel unauflösbar gemischt
würdevollen Repräsentanten ins Gesicht der Satz da pißt es
schon wieder
diese Mischung aus Eigensinn Schroffheit Milde und
Geistesabwesenheit
abblätternd wie der Verputz in den Treppenhäusern die nicht
renoviert worden sind

aufgebrochen mitgemacht gestreift aber kein Verhängnis
am Ende gezeichnet ausgerichtet auf Ende Vergängnis
nicht ist es wie die Anpasser sagen feige alles auf die eigene
Kappe zu nehmen
die Aufgabe dessen der schreibt ist sich zu schämen ohne sich zu
schämen
Aufgabe dessen der schreibt noch einmal ganz von vorn
anzufangen
Mut zu fassen wo Mut zu fassen so ganz und gar gründlich
vergangen
Risiko dessen der in der zweiten Hälfte des zwanzigsten
Jahrhunderts Literatur macht
wer mitten in einer vor langer Zeit eingerichteten Wohnung wie
in einem kahlen Flur aufwacht
was er gerade noch vom Übergewicht der Erfahrung aufheben
kann
starrer erstarrende Grimasse vor dem Übergewicht der
Erfahrung gegen das er nicht anleben kann

in immer neu aufgenommenen Versuchen immer
verschachteltere Gleichnisse zu erfinden
schließlich Klassiker solcher Versuche
in der Sonne eines Märzmorgens vor dem Hotel Eden in Mainz
Fragen nach der Fragwürdigkeit des Berühmtseins
wer damit alt geworden ist wundert sich wer Lust hat das zu lesen
ein Gesicht das schwieriger in die Konstruktion des Körpers und
der Tages und Jahres Abläufe zu verspannen ist

so lang schon an den Gedanken des Verlusts gewöhnt
daß wenn er eintrifft vorbeitrifft als ob unversöhnt versöhnt
am Ende wie abgeheilt was lebenslang offen lag und wund
wie auf der anderen Seite des Dachs erschossen und das liegt
quellend im Mund
an langhin gezerrten und ganz leeren Stränden
sind sie man kann es wie man will drehen und wenden
lange gelaufen und haben geschrien
und der Abschied ist dennoch auf den Knien
aufrecht auf den Knien dessen Aufrechtstehn sagt vernichtet
seinem Beispiel folgend das gilt verpflichtet

Gelegenheitsgedicht für Max Fürst achtzehn Tage nach seinem Tod

als er noch seine Tischlerwerkstatt in Zuffenhausen hatte
ich bin vorige Woche vorbei gefahren
wurde schon die Straße geplant die über dieses Gelände weggehn
soll
und die nun da er tot ist allmählich Gestalt annimmt
so überlebt das Wirken der Gemeinschaft der unpersönlichen der
gelobten den Einzelnen
wenn er dies jetzt lesen könnte würde er mich vielleicht lächelnd
ansehn
in der Weisheit nicht des Alters sondern der überdauernden
Erfahrung
er mochte das Wort Weisheit nicht was ihn betraf nicht wissend
ob ich im Ernst rede
ich habe im Ernst mit ihm geredet nur nicht oft genug
oft genug wiederum um mir das Beispiel seiner Rede gegenwärtig
halten zu können
daß diese Rede exemplarisch gewesen ist
einst haben wir am Bernstein im Wald zusammen die Sage der
Vorzeit gesehn
daß Sozialismus unbeirrt tätig sein heißt hat er mir beigebracht
Holz und Menschen muß man mit behutsamer Hand berühren
demütig und stolz sind das die richtigen Wörter
Zeugnis gegeben dafür was es in dieser dem Menschen wenig
zuträglichen Zeit heißt Mensch zu sein
Blick quer durch die Zeit die ihm gegeben war hier auf Erden
die Jahre die durch das Gesicht das versteht ausgefüllt werden
wenn der Juliregen nun kühl auf ein frisches Grab fällt
wenn die Trauerarbeit ihre unbeantwortbare Frage stellt
wenn Vergeßlichkeit einen Atemzug lang den Atem anhält
unerträgliche Friedfertigkeit ganz und gar anfüllt diese Welt
der vorangegangen ist der dem zu folgen überhaupt nicht
vermeidbar ist
Einverständnis wird plötzlich begreifendes sein was jetzt Leid ist
Gedenken vermag nicht alles

große Schneelandschaft mit Günter Eich

weißgold geschmolzene Sonne in der winterlich ausgedörrten
Kastanienhand
weißgold geschmolzene Sonne in der winterlich ausgereckten
Kastanienhand
weißgold geschmolzene Sonne in der winterlich ausgerenkten
Kastanienhand

Schnee löst sich aus tief schleifenden Wolken
Schnee treibt entgegen löst auf löst aus verändert Landschaft
verändert mich
Schnee macht anders ich selber mir entgegen in wanderndes
Schneefeld verwandelt
Transformation dahin getaumelt und weg dahin

mein Geheimnis ist eine Häherfeder eine Wolke am Himmel
Flanderns und eine Schneewehe im Berchtesgadener Land
ich umhülle was mich einhüllt und mir zu und ab gewandt
diese Landschaft aus Schnee verbirgt ein Gesicht über das ich
nicht reden werde
ein Gesicht ist in dieser Landschaft verborgen wie im Schnee
Erde
diese Landschaft aus Schnee ist das Gesicht das mich ansieht
ohne mich anzusehn
ich rede über ein andres ein Ersatzgesicht mit Augen die über
gehend übergehn
übergehn überquelln das was aus mir mich heraustreibt
was ich rede und worüber nicht mich mir überschreibt
übergeh
Wald im Schnee
Herzensweh
wiederseh

Fahrt nach Groß-Gmain an der bayrisch-österreichischen Grenze
Februar 78
hier lebte der Dichter Günter Eich ich besuche seine Witwe die
Dichterin Ilse Aichinger
in dem von Schnee bedeckten Haus in dem unverändert Günter
Eichs Schreibtisch steht
das Sofa auf dem er lag Tränen liefen ihm über die eingefallenen
Backen in den struppigen Bart Maubeuge ist gefallen
später wird er islamisch eingesegnet worden sein
eine feurige Lohe wird ihn weggerafft haben wie den Propheten
Elias mitten im Winter
die Asche verstreut auf den Weinbergen oberhalb Biel mitten im
Winter

das Murmeln der Stimme im vollkommen stillen Haus
drängt ins Stillsein neue Stille und aus ihr heraus
Die Stille des Schneewalds ist wie ein Gewand
das ich anhab wie eine meine umfassende Hand
obwohl ich Sätze und Wörter verstehe verstehe ich nicht
den wahren Inhalt dessen was die Stimme spricht
ich gehe auf einer Grenze wo Vergangenes sich wie von selbst
belebt
hier und dort zugleich zwischen Lebendiges und Totes hin und
her gewebt

während schneeblendende Berge das Zimmer erleuchten
morgens um sechs ist mir alles vollkommen klar Gegenwart
Vergangenheit Zukunft
in der Blendung unerträglich blauen Lichts bleibt diese Klarheit
vollkommen verschlossen
querüberfeld ein Riß dessen Sinn ich nicht nur nicht verstehe
sondern der wie ich weiß keinen Sinn hat

Nachdenken über Narben Wunden weckend
nachdenkend über den Sinn der Narbe Wunden leckend
ich habe den Brief der geschrieben wurde nicht ungelesen aber
zerrissen unlesbar gemacht
und die längste Zeit dieses Tages völlig unbeweglich verbracht
Schneelandschaftsplastik herab gebogen Sonne auf Februarwald
während im niederen Alkoven die Stimme des toten Dichters
noch immer nachhallt

warum ist plötzlich der Anblick des eingeschneiten Chiemsees so
überwältigend
warum betrachte ich die leere Fläche plötzlich mit diesem tief
inneren Entzücken
welche Erinnerung wacht zugedeckt unbekannt die ich auch nicht
erraten will auf
Furcht aufzustören was drunter

Trauer überschwemmt mich plötzlich ganz und gar
und ist zugleich vollkommen ganz und gar wunderbar
tief und tiefer eingegraben in jeden nur möglichen Grund
ein zum Schrei wie zum Lachen schrecklich und lächerlich
aufgerissener Mund
zwischen Gestorbenen einzig lebendig oder längst gestorben
zwischen lauter Lebendigen bin ich und bin ich nicht
der am Gleisblendende auf verschneiten Bahnhöfen Landschaft
und Gegend miteinander verflicht
dort sind die Schattendämonen die durch den Schneewald ziehn
und wohin immer ich fliehen würde mit mir fliehn
dort ist der Vergangenheit Schatten der mich entkörpert
entselbstet verneint

mich Durchdiegegendvögler dem Verlorenes niemals nachweint
Günter Eichs struppiges Barthaar ist über die Landschaft verteilt
während was wund ist erst allmählich verheilt
ich versuche seine Schulter zu umfassen aber er wehrt sich sehr
bis meine Arme erlahmen und sie können nun garnichts mehr
da gehen die schwarzen Augen wie Sonnen auf in meinem Herz
was wills denn als verstört sein was hälts was hats was begehrts

es handelt sich ja nicht darum daß die Beleuchtung sich geändert
    hat
sondern das Licht hat eine gänzlich andere Qualität
    angenommen

Silberstiftzeichnung der Bäume auf Weiß
ob dies Anfang oder Fortsetzung oder Ende heiß
blauweiße Scheiben der Hügel vor blauer weißem Horizont
Zaunpfahlschatten Leitungsmasten und ich habs nicht gekonnt
die Bitterkeit zerfällt im Morgenlicht
jedoch der bittre Knoten löst und löst sich nicht

Jean Amérys gedenkend

die Nachricht kam von vorn mittags quer übern Tisch der Schock
kam von hinten
in der Nacht zum Mittwoch der weltbekannte österreichische
Schriftsteller und Philosoph
Schockemöhles Ehe kaputt das erste Glatteis skeptischer
Sokrates auf dem Ideal des Humanum
der erinnert sich nicht daß je Übles über ihn aber der Améry
verrissen den hat der zu verreißen verboten 64 dem gleichen
Jahr in dem ich Améry
Elisabeth sagt da hat er einen starken Tag gehabt
Erinnerungen von überallrauh Halluzinationen am hellichten
Tag
der Suizidant ist ein Mensch er sagt übrigens auch lebwohl

vierzig Jahre mit und was für Unterbrechungen Brüssel und dann
die Ewigkeit in Salzburg
sein Paris und das war halb Brüssel und halb Wien
nach Auschwitz der insistierende Zerfall Lefeus als
Überlebenschance was immer das auch zu heißen schien
der die Folter und den schleichenden Schock des Alterns hinter
sich ließ hatte Angst sich in Lebensgefahr zu begeben
der schwindelfrei war und Angst hatte den Fuß ins Wasser zu
setzen nahm sich das Leben
wenn ich frage ob die Tür tatsächlich offen stand hallt die Frage
leer
und diese hallende Leere erreicht weder ihn noch überhaupt was
mehr
das voraus Projizierbare verneint sich selbst als Aufgezehrtes
bestätigt wird daß danach kommt nichts Nennenswertes

unter überhängendem Augenlid wie es charakteristisch für
alternde Juden manchmal ist
Lippen zuckend vorgeschoben wie in verstohlener List
zögernder Blick ausforschend der geht dann auf strahlend
einzeln Bewegung fingergespreizt der Hand Sagbares
untermalend
Fingerspiel mit Zigarette die ist von wo immer immer zur Hand
so fällt er mir ein habe ich diesen Menschen mehr als vierzehn
Jahre gekannt
ich sehe das Gesicht jetzt des Toten das sich allmählich abwendet
langsam abdreht abdriftet wie von der Unerträglichkeit selbst
geblendet
angehalten abgeschwungen abgestoppt weggesogen
Vogel nun welcher ganz und gar nirgendwohin verflogen
unter der flachen Schicht Konzentration
in einem Fernsehinterview vollkommen erschöpft aufgebraucht
und zu schon

durch totgesagten bin ich durch Oktoberpark gegangen und der
Toten Land
der Tulpenbäume Blaßblaugrün und bunter Ahorn rostige
Kastanienhand
nun leuchtet weiß durchs Knöterichgehänge Allerheiligenschein
wäßrige Sonne früh November macht mich ganz allein
rot leuchtet durch in gläserner Kanne Tee der Nachmittag
gleichgültig gegenüber dem was einst am Herzen lag
warum erinnere ich mich an das Abendessen bei Ernst Klett
November 76 jetzt
Vater Klett empfahl Dauerlauf nackt vorm Schlafengehn Améry
erwiderte schon beim ersten Mal hätte mein Herz ausgesetzt

es handelt sich nicht um was formulierbar ist
es handelt sich nicht um die Hypothese was am Ende tatsächlich
morscher Zaun der Gewohnheit der soll den Wahnsinn abhalten
Rührung aufgerührt kein ach Aufruhr des Herzens
just a closer walk with thee
ob Anteilnahme oder Einsichtigkeit schon Freundschaft sind
Kritik durchschaut Rührung macht blind
geblendet nicht weil Verlust wie man sagt das Herz zerreißt
sondern weil wer einsieht sich lieber wie man auch sagt die Zunge abbeißt

Jude Linker Intellektueller Freitod Schlagworte in Schlagzeilen verschoben
falsch abgemaltes Bild vor Fragen falsch davor gehoben
überleben ist wie gesagt immer unanständig
ratlos in mich zusammen stürzend bin ich lebendig
kein Held hat allein er gewagt sich zu traun
das Spielzeug ist endlich definitiv kaputt gehaun

mitten im Getümmel faltet Objektivität wie doch das klare Urteil sie verlangt sich stillschweigend ein
wenn auch im Abgang das Ich triumphierend sich gegen das Realitätsprinzip gebärdet im Drüben das es nicht gibt wird weder das eine noch das andere sein

eine glattgewaschene saubere Gegend

eine glattgewaschene saubere Gegend eben
sowas wird sich wohl nicht einfach von selbst ergeben
jedenfalls eine in der man sich halbwegs zu Haus fühlt
Gegend die mit jedem den Jahreskreis überwandernden
 Sonnenaufgang ein neues Stück Vergessen herunterspült

schöne Gegend so sagt man was ist denn hier schön
nicht von der Sorte jedenfalls Täler o weit o Höhn
Birkenversammlung unterhalb flacher Schrägen weit weg eine
 Kiefer
Erlenreihn über Kämme marschierend Durchblick auf ein Stück
 Wald das liegt tiefer

komm doch Vergangenheit laß uns was wir gern gemacht haben
 zusammen wieder machen
umgehn mit unseren wie wir unsachlich genug sagen Sachen
Gegend von klein an durchtränkt mit Libido
wie der Abschied durchtränkt die Klage der sterbenden Königin
 Dido

überlandgehn durch von was glattgewaschene Gegend Erinnrung
 ab von was ab schmeckend
Querbusch umbrafarben umbra vitae bis indischrot aufdeckend
Novemberbräune oder der lappige Krähenflug auf der
 schieferweißen Fläche eines Januarmorgen
Körperformen der Landschaft die des phantasierenden Hinblicks
 Geschäft besorgen
fahl ausgebleichte Tintenfarbe zusammengetrampelten
 Erlenlaubs im Bruch
die Farbbestimmungen machen Schwierigkeiten und sind
 fragwürdig genug

Kadmium mit gebrannter Siena gesprenkelt und bis zu
Regenholzsilber ergänzt
lilaner Vorfrühlingsdampf aprillenes Grün regentropfenbeglänzt
antiker Metaphern Gold Silber Kupfer Amethyst vokabuläre
Restbestände an einer verfallenen Gartenmauer
ist denn die fernsehschirmkompakte Bläue des Fernsehhimmels
genauer

erstblickgeschlagen
doch durchschauend nur so hin zu sagen
vom Aufblick überhaupt ersten zweiten wievielten gedrängt
von angerufener Einsicht eingeengt
aber dies ist das genaue Gegenteil davon Vorerinnerung
two worlds of Andrew Wyeth jung
graue Kreuzharfen der Winterweiden schneeschuppige
Kieferdächer
wenn der Schnee zu rauchen anfängt Schneerauch im
Stangenholzfächer
bleiern strömende Fläche eisschollenverletzt
tief und gerade gestochen in das von Schneerauch gewaschene
Gelände gesetzt
die flache Strömung hat Strudelfalten um die Spiegelaugen
Sarg eines Schleppkahns Ufergeländelenden die den verirrten
Blick aufsaugen

Schichtung aus schneegetönten nebelgetönten bleigetönten
Waldhaufen
waldige Modulationen die ineinander über laufen
Grauabstufungen Blaugrünabstufungen
Kupferrostmessingabstufungen
Landschaftskörper als Körperlandschaft aus mir heraus in mich
zurück gedrungen

Dächerzähnekamm breit braun begrenzter Rückenbahn
sattelnah aufquellend schwarzer Nadelbusch bergan
Kirchturmnadeln von allen Seiten über den Körper der Gegend
gespannt
Rundbogen hinter Rundbogen schamhügelstruppig
hausgiebelspitzengezahnt
in graden Reihen querüber genagelt Weinstöcke auf flachen
Schrägen
unbewegt querüber mir über mich hingerissene Sägen
was denn will ich aufgefranst dicht bevor Knospen wie
Baumhand unmittelbar
holzstapelweise geschichtet vor Winter grau zufällig
verwechselbar
rostig weggebogen Glas taub von Vergangenheit ungeputzter
Aufbruch der Äcker schamlippenrauh ungenutzter
hingewiesen gekrümmt ach Geäst kahl leer geblendet
Vorhang aus Haselgehänge gelb stäubend von innen nach außen
gewendet
grün ist die Rinde der Eiche und spiegelt die Hüfte des Ufers
nach unten gekämmt
in der Farbe des Rauchs die ein Feuer anzeigt das am Grund
anschwemmt

eine glattgewaschene saubere Gegend eben
sowas wird sich wohl nicht einfach von selbst ergeben
jedenfalls eine in der man sich halbwegs zu Haus fühlt
Gegend die mit jedem den Jahreskreis überwandernden
Sonnenaufgang ein neues Stück Vergessen herunterspült

komm doch Vergangenheit laß uns was wir gern gemacht haben
zusammen wieder machen
umgehn mit unseren wie wir unsachlich genug sagen Sachen

Gegend von klein an durchtränkt mit Libido
wie der Abschied durchtränkt die Klage der sterbenden Königin
    Dido

das Papier auf das ich schreibe wird gelber der Schatten des
    Kugelschreibers von blau getönter Fliederfarbe hat doppelten
    Rand
ich schreib was mir grad einfällt was mir einfällt ist mir bekannt
wie die Faguswerke in Alfeld zum Beispiel zahlreiche Male im
    Vorbeifahrn vom Zug aus gesehn ich vergesse sie aber
    zwischendurch immer wieder
schreiben macht was passiert ist in mir begraben neu passieren
    wie in unverhofftem Wiederhörn lange vergessene aus der
    Frühe Lieder
durchgehängt vor silbergrauem Uringelb das die Scheibe des
    Himmels aufblendet Bogenstriche der Hochspannungsleitung
Zeilen Zaunpfahlschatten und Sätze Pappelschatten zu lesen in
    dieser vom heutigen Tag unverständlichen aus Landschaft
    Zeitung

Himmel o Himmel was ist uns allein von Himmeln geschehn
Himmel über uns um uns mit uns uns übergehn
daß so vieles weg ist war nicht das was ich begehrt hab
aber auch nie was dem ich ernstlich gewehrt hab
Schläfer der träumend nur immer wieder im Schlaf aufwacht
es ist der Prozeß der Jahre der mir den Prozeß macht
das Feuer kupferfarben brennt ja der Rauch steigt
    kerzengerade
wie ein Finger der über die glattgewaschene Gegend steht
so nutzlos so vergeblich wunderbar so schade
Wind der voll heimlichem Osterfeuergeruch aus Vergessenheit
    herüberweht

will ich nicht will ich nicht und bins doch
wie der Rauch zufrieden über einem das hatte ich garnicht
    gesehen Loch

komm doch Vergangenheit laß uns was wir gern gemacht haben
    zusammen wieder machen
umgehn mit unseren wie wir unsachlich genug sagen Sachen
Gegend von klein an durchtränkt mit Libido
wie der Abschied durchtränkt die Klage der sterbenden Königin
    Dido

Baumschulengedicht

Baumschulen sind entweder gärtnerische oder
forstwirtschaftliche Betriebe in denen die Erzeugung von
Gehölzen aller Art betrieben wird
die Heranzucht der Pflanzen findet auf vegetativem oder
generativem Wege statt und zwar vorwiegend im Freien
nach den in diesen Betrieben angebauten Pflanzen unterscheidet
man mehrere Typen von Baumschulen
diese lassen sich gruppieren in Hochbaumschulen
Spezialbaumschulen Anzuchtsbaumschulen
Forstbaumschulen

Durchblick durch mailichtes Stangenholz Speer an Speer
Nadelholzfelder und Felder von Laubbäumen Heer auf Heer
scharfer Riß eines waldigen Hügelkamms zerschneidet den
Himmel genau
kantige Form vor wolkiger Form Ultramarin vor Milchblau
Dorfraster rotweiß gewürfelt überhängt Schattenhang
fahler Fisch Wolke durchschwimmt nachglühenden Kalk
Nachsonnenuntergang
schwarz erkältete Tannenrücken ziehn Sägerand auf Sägerand
die brennenden Omnibusse des Abends überqueren den Rücken
der nächtlichen Hand
Schieferkante der Nacht Fensterlöcher gelb hinterlegend
Lichtflecken Rösselsprung auf der planen Bläue Gegend
die Feueressen des Regens wehn nun geheimnisvoll über das
ausgewaschne Karmin der Unendlichkeit
der Dorfkirchen äxerne Umrisse stehn zum Sturm auf den
Leichentuchhimmel bereit
Maischnee ah Maischnee Maischnee
daß im letzten mir Stündlein der Himmel beisteh

das größte Baumschulgebiet in der Welt ist der Landkreis
Pinneberg
Rellingen ist das Zentrum der Hochbaumschulen Halstenbek das
der Forstbaumschulen
in 42 Gemeinden befinden sich rund 832 Betriebe mit einer
Gesamtbaumschulfläche von 4126 Hektar
nicht weniger als 50 Prozent aller Hochbaumschulkulturen und 70
Prozent aller Waldpflanzen befinden sich im Kreis Pinneberg
nicht mit Unrecht wird er die Wiege des deutschen Waldes
genannt

gegen einen sehr hellen Morgenhimmel überlängte Stämme
schräg von unten gesehn
Altdorfer plus Blechen Baumschulen von Eilshemius und Boyd
mitten darin eine Stimme die kann ich verstehn
tief im sonnengefleckten Kieferngrund
bärtig kahlköpfig ein alter Mann mit weit aufgerissenem Mund
von schreienden Kindern bunt umringt
singt er und singt singt singt singt
rote Kiefernstämme und der Sandweg aus Kindertraum
Kindergeschmack auf der Zunge ist wie ein sich öffnender Raum
Pappelbäume der Vorzeit in rötlich blinkendem Vorsommerlaub
zerstreut über die Savannen über die wolkend Grassamen staubt
Baumschulen der Vorzeit durchblitzt von Urstroms strudelnder
Fläche
Licht das unverbraucht ist und ohne Schwäche
als ob es nicht einmal sondern wieder und immer wieder wäre
weit aufatmend die Brust der Menschenleere

während die Ziergehölzbaumschulen stetige Zuwachsraten
aufwiesen haben die Obstbaumschulen Höhen und Tiefen
durchschritten

den größten Bestand an veredelten Obstgehölzen konnten die
Baumschulen im Jahre 1950 aufweisen
abgesehen von kleinen Zwischenhochs war die Entwicklung dann
stetig negativ
auf relativ niedrigem Niveau hat nun bei guten Absatzchancen
eine Stabilisierung stattgefunden
die schlechte wirtschaftliche Situation führte zu starker
Konzentration des Anbaus in wenigen leistungsfähigen
Betrieben

im Stangenholz der Baumschulen wandert träumerisch die
Vorstellung aus der Zeit hinaus
entvölkert mich aus mir heraus
aus der Grünabsteckung der ich mich nicht entledigen kann
landet die Baumschuleneinbildungskraft mich an imaginären
Ufern an
wandernd in mich hinein begegnen mir wie sich verneigend
Bergköpfe wildkirschenblütenweiß aus der Ebene aufsteigend
unberechenbar rollt vergangene Anschauung durch mich
hindurch und vorbei
darin bin ich aufgelöst und einerlei

die Entwicklung der Baumschulen ist in den letzten Jahren
außerordentlich rasch fortgeschritten
das betrifft vor allem die technischen Einrichtungen sowie die
Arbeitsmethoden
der verstärkten Technisierung wurde in besonderem Maße
Rechnung getragen
ohne Kühlhaus Kunststoffe Sprühnebelvermehrung und anderes
ist heute eine Baumschule kaum noch denkbar
ohne umfangreichen Maschinenpark und ohne zahlreiche Geräte
ist sie nicht lebensfähig

in der Schule der Bäume habe ich nicht Gespräche über Bäume
gelernt
sondern wie man in den Wald hinein darin herum geht schreit
und sich wieder daraus entfernt

Landschaft mit Wörtern

Bräune der Dezemberbüsche am HSV-Platz Rothenbaum
unterbrochen vom weißen Knacksbeerengesprenkel kaum
Leuchtplastik der Tennishalle Club an der Alster unter den
weißen Wolken der Nacht
Mövenschwärme vor den Landungsbrücken und das Vergessene
umgebracht
Rückblick von Onkel Max Bernhard-Nocht-Straße auf Blohm und
Voß
Finkenwerder Fährschiff schwingt vom Pöller in die wie
Silberpapier geknitterte Oberfläche der Elbe los
frühere Chinarestaurants auf der Reeperbahn die Fläche der
Reeperbahn von Regen leer
wenn die Toten auf die Erde zurückkehrn haben die Lebenden
keine Zeit mehr

Gespräch Aug in Auge querüber Berlin
Büroschreibtisch Stuttgart ich ihn
leid tun es hat mir Laternengesicht
Pizzeria Mainz auch das nicht
querüber Darmstadt kein ein wenig
Dannenberg Hörspiel Revolution ein König

plötzlich ist Regen aus niedrig gelagertem Himmel gesackt
Regen macht die Stadt Hamburg geräumiger und auch kompakt
halbausgeführt halbverkramt Durchnäßtes dehydriert
Abverirrung Dekomposition ganz weg exiliert
halbertrunkener Kahn im toten Flußarm und Böen vom Meer
ruf mich ruf mir zu schwer gefallen Fall schwer fallen schwer

erdab Kante abkante abgekartet
Kopfsteinhof kopfaufknall abgewartet
schreiend runter wenn ich nun ich sag
oder nicht ich sagen ich mag
lautlos Schreier und vor der Tür
schrei doch los kein ach für

Schneise in die niedrige Wolkendecke aus Trostlosigkeit
Examen bestanden es geht schon laß man es tut mir leid
Wolkenschattenhorden flüchtig übers sturmgefegte Land
dem Schritt ist das Terrain geläufig doch dem Blick
unbekannt
Lichterkettennachricht unter den Schlagzeilen grünroter
Abendhimmelstreifen
das Naheliegende ist am schwersten zu begreifen
ein einsam erleuchtetes Fenster schwimmt an mir vorbei durch
die Nacht
Landschaft die erträgt der Dunkelheit unerträgliche Tracht

Rotfeuergespräch Riedfeuergespräch Gesprächabbruch
Unterbruch Pflastertag Fassadentuch
ausgestrichelt gestückt auseinander Mund
nichterinnern Stirn Auge Ohr und was bunt
Winkelmund Kinnpartie Zigarettenrauchstrauch
Tonfall gefällig Lüsternheit auch

Erinnerung von lang nachflackerndem Nachtlicht getötet
Erzählung von fröstelnd rostigen Morgenröten gerötet
nichts mehr erkennbar als die schwarze Kontur vor schwärzerem
Grund
weitauf ohne Ton der Ruf aus ausgerissen ausgefranstem Mund
Gedächtnis in Sentimentalität gewässert

lebendig ist besser als tot und jedes Leben wird durch den Tod
verbessert
träge Bläue des Morgenrauchs über tintigen Vorgärten ein Tag
vor Silvester
vor fünfzehn Jahren vier Wochen zehn Tagen alles gestern

ausgefickt ausgefegt ausgefeuert ausgefragt
abfragen abfransen abpflocken abgenagt
Drachen Libido Drachensteigen schnurab
über den Fluß und die Wälder hinauf und hinab
Vöglein Libido in windiger Ferne und bunt bunt
kleiner werdender Farbfleck laß man und bunt

Zweizeiler gereimt die ich in Straßenbahnen im D-Zug im Gehn
im Büro oder zu Haus am Schreibtisch notiere
damit ich das flüchtig formuliert Auftauchende nicht gleich
wieder verliere
murmle ich quatsch ich ruf schrei rede ich in den Wind
oder einfach nur vor mich hin außerhalb dieser Rede blind

Seeufer oberhalb Biel nachts

stockend schleppende Redeweise die nackt entblößt die Phantasie sich vorzustellen anregt
schwarzer Wind quer über schwarzen See bewegt
Wind kann aber nicht schwarz sein Wind hat gegenüber Gemütswert nur
Richtung Geschwindigkeit Temperatur

flüchtiger Augenblick dieser vom Entblößten Phantasie der die Zeit verschiebt
Einblick in den sich öffnenden und schließenden Schritt weil es überhaupt keine Zeit mehr gibt
Binnensee schwarze Fläche draußen und innen drin
lichterumkränzt und funkelnd aber indem ich Entblößtes erkenne werde ich unfähiger auszusprechen wo ich bin

flüchtiger Akt der Phantasie Subjekt überlagernd das ins Gegenüber sich zu verlieren begehrt
Projektion fixe Idee sexueller oder wie oder umgekehrt
indem ich mir selber eine Mixtur aus Anblick Anfassen und Ausgedachtem eingebe
werf ich Erinnrung vorweg wie ein Bild auf das ich nicht hin sondern von dem ich weg strebe

angesprochen und angesehn immer schon und würde immer auch immer wieder
dahinter nicht erotisch sondern sozial bricht der Dialog ab und nieder
pochender Takt eines Motorboots im Dunkel unerreicht und umklammernd nah
Othello Julia Hamlet Desdemona Romeo Ophelia

aufblenden übern Klippenrand sah ich den entblößten Körper fliegen
im Überschlag sanft anlandend Brust an Brust blieb er an mir liegen
nackten Fleisches geschwungene Lichtspirale in schwarzen Wind geschrieben
artikulierbar allein was Überhergeschichte überher geblieben

flüchtiger Anblick der Kimme darunter karminrot der Labia Mund
dünner Schnee wie liegengeblieben flüchtig auf erkältetem Grund
klemmenden Bauchspecks blond gesträubte Zungen Haar
quellendes Beinfleisch Fleischtaschen gespannte Arschbacken Paar um Paar

Beckenhaut Backenhaut Arschbackenhaut Haut der Scheide
worauf ich hinstarre was ich anseh oder anzusehn vermeide
Haut statt Fleisch Haut als Fleisch das es ist du bist da ist nicht ich bin
Fleisch welches Fleisch Fleisch von wo von wo nicht Fleisch schlechthin

das Aufregende des Anblicks nimmt nicht ab sondern zu
was ich sehe der Blick erregt stärker als was ich tu
Blick der halluziniert gefallen auf darauf gefallen
drauf gefallener Blick der durch dringt und sich durchsetzt in allem und allen

Haut aufgeschnitten aufgeplatzt offenlippig elastisch fleischig
dick
schmerzhaft eingeprägtestes Bild zitternd unvergeßbar
ausgespannt in den dorthin blickenden Blick
mit dem Mittelfinger in die Vagina einzudringen die
Schwellflecken hat und dabei zuzusehn
nicht das Gesicht des Körpers sondern des Körpers Reizzone sich
zuzudrehn

nicht der Appetit der gestillt werden kann und gestillt werden
muß
sondern des Blicks nie zu befriedigender nie beendbarer Kuß
Anblick von was sich zuckend ausstreckt und zusammenzieht
noch immer unverbraucht
diagonal verlaufende Wand unter einem schwarzen Himmel der
von Frühe raucht

traumentlang im Rührteig des Unbewußten herumgerührt
wovon im täglichen Planungsverstand Spuren nur aufgespürt
wie eine Medizin ohne die weiterzuleben ich nicht fähig wäre
auf dem See der Begierde eine nie ans Ufer gelangende schwarze
Fähre

aus Geräusch Schotter und grünspangrüner Befleckung ist ein
Muster zu erschließen
während langsam auspulsierende Nachtlichter Nachlichter über
uns ausgießen
weiße Zeichnung des Sandwegs am nachmitternachtbleichen
Hang
Geschichte aus Schatten und Schattenrissen schwarz
überwuchernd den Weg entlang

Tauben zerblöken in stampfenden Metren die Blöcke der
Vordämmerung
da heben die Stempel der Bäume sich gleichwie alterslos jung
Stempel der Bäume die haben ein anders prägendes Vermächtnis
das vermischt und überträgt sich in unser neu aufwachendes
Gedächtnis

Muskeln die in Berührung zu zittern beginnen
wie Buchseiten aufeinander geklappt das Lesbare innen
Schwärze des Windes nun von kompakterer Körperlichkeit
zu Inseln geronnen dazwischen Risse Kanäle heller farbiger breit

kehligen Anlauts Luft scharf durch die Zähne gezogen
und mit geschlossenem Aug der Hals wie ein einziges
angeschwollenes Lid emporgebogen
Fleisch an Fleisch Backe an Backe Haut an Haut unaufhörlich
vernichtende Phantasie
sie haben einander zur Nacht gefunden und festgehalten und nie

Westberlinstadtlandschaftsgelegenheitsgedicht

wenn man von der U-Bahn-Haltestelle Kurfürstenstraße
kommend die Potsdamer Straße entlang geht ist das letzte was
man erwartet die Nationalgalerie
wo aber geflickt wird wächst das Kaputte auch
die Gott und Menschen verlassene Ruine des Anhalter Bahnhofs
blättern in Fotobüchern Berlin und Potsdam 1872 bis 1875 lost
Berlin Rotfrontlokale und Goebbels
Gespräch mit Peter Boultwood über die zunehmende Irrealität
von Westberlin
aufgetaucht aus der Jugendstilkeramik der U-Bahn-Haltestelle
Bayrischer Platz eingetaucht in die Phantomstraßenlandschaft
eines Fotos von 1907
Gespräch mit Reiner Schwarz auf dem Balkon seiner Wohnung
Münchener Straße 9 vierter Stock über das Zunehmen des
Phantomcharakters von Westberlin
ganz Westberlin eine einzige ganz egal ob du weißt wer das ist
Bubi Scholz Kosmetik
Uraltwüste Wittenbergplatz
Gespräch mit Jürgen Becker über den Plan die S-Bahnhöfe von
Berlin zu fotografieren
Schultheiß-Reklame auf dem S-Bahnhof Bellevue da hat noch
der Blick des Doktors drauf geruht
das reißend Verzehrende der Vergangenheit
plötzlich der Überfall des Uraltgeräuschs der S-Bahn gemischt
mit dem Röhren einer Düsenmaschine
permanente Gegenwartigkeit des Geräuschs an und ab fliegender
Flugzeuge
Brechts Stadt Benjamins Stadt Carl Einsteins Stadt Max Fürsts
Stadt
mitten in der Martin Luther Straße ein stehengebliebenes
Fassadentürmchen
Mythos Savignyplatz

Sommerhimmel über dem abgeblätterten Putz eines Wohnblocks
aus der Gründerzeit im Mittelfeld der Fassade ein Pelikan mit
ausgebreiteten Flügeln
früchtebunte Auslage eines türkischen Gemüseladens
Mittagsstrich Berliner Kindl siebzehn bis siebzig die
glattgeschorenen Köpfe der türkischen Kinder
ein Indonesier im grünem T-Shirt U-Bahnsteig Zoo angesaugt an
eine blonde Dauerwelle beobachtet von einem sandfarbenen
Jackett mit marineblauer Bluse und grauem Plisseerock
diese Mischung aus grauhaarigem Spießer Strich und in die
eigene Kotze verrenkt Zusammengebrochenen
Berlin ist der Abschaum der Menschheit sagt eine Stimme
zwischen Bahnhof Zoo und Straße des 17. Juni
zurückgestaucht in mich selbst wenn sich plötzlich ein Loch
auftun würde wären alle Probleme gelöst
vereinzelt zwischen vereinzelten türkischen Familienverbänden
und einsamen Hundeausführern umkreise ich langsam die
Strafanstalt Moabit sonntagabends am Ende der siebziger
Jahre des zwanzigsten Jahrhunderts
Johanneskirche Alt-Moabit Abendmahl Pastor Radatz Heilige
Geist Kirche Perlebergstraße die Kneipe zum Tönnchen
gelbrote Jugendstilziegelfassade Birkenstraße
Wilsnackerstraße Rathenowstraße
fleckenlos wandernde Windschraffur auf der glatten
Schiefergräue der Spree langsam sinkt der Abend herab
Sonnenuntergang Speestraße Melanchthonstraße
Calvinstraße Helgoländer Ufer
Häuser Höhlen Abbruchwohnungen
Stadtunplanung
Sackgasse Margaretenstraße die Höhle Ingomar Kieseritzkys
hängend über der Bläue des Halensees
das reißend Verzehrende der Erinnerung

das Echo der Schritte der Vergangenheit
das Echo der Schritte des Gestorbenen
die Unterführungen der neuen Messehalle sind so leer wie die
    Ödfelder an der Mauer in Kreuzberg
Geschichte die auf der Stelle tritt und im Kreis um sich selbst
    herum sich erlöst indem sie sich auslöscht
Tageszeiten des an und ab schwellenden Berufsverkehrs hier wie
    überall
Taxieinfahrten hier wie überall
von Schnellstraßen abgeschnittene Wohnblöcke und Schlösser
    hier wie überall
Landungsmanöver der Schwäne Murschbrücke westwärts
in plötzlich orkanartig aufbrausender Geschwindigkeit wird einst
    alles verzehrt worden sein
und die Ungeheuerlichkeit der Geschwindigkeit wird stillstehn
    im Wind der Ewigkeit
das unbegreiflich Verzehrende der Erinnerung
eine graue verschwommene Wolke in zehntausend Meter Höhe
    ist alles was übrig geblieben sein wird
dieser schwarze Sack Berlin in den ich immer auf die gleiche
    Weise rein falle
nichts ist wirklich Vorgabe alles Wirklichkeit ist alle
selbst die Reklame löst sich auf in irreal schwebende Überlegung
wo überhaupt keine mehr ist in stillgelegten U-Bahnhöfen
    Ostberlin ununterbrochen stehende Bewegung

fünf kleine Landschaften elbabwärts

1

glitzernde Wasserfläche und Erinnerung an
weidenbaumüberhangene vorvergangene Tage
ein von Kindern mit Zweigen in den Ufersand gemaltes Haus das
ist die Frage
Windrippenmuster und vielfach übereinander gezogene Spur der
Schiffe die gleich wieder verlischt
Wind vom Meer der in mächtigen Schüben weit überland landein
die Flußmündung abwischt
Baumkulisse vor perspektivischem Grabengitter das den
aufgrünenden Feldern sein Maß aufprägt
das Gesichtsfeld von Deichkante Uferstrich Wasserhorizont
Wolkengrenzen vielseitig und wechselnd geschrägt
Lichtpunkte abends oben und unten die wandre ich ab und drum
rum
die Figur der Landschaft verlischt allmählich die um mich steht
gelassen und stumm

2

Landschaft von oben gesehn zeigt den Unterschied
das im Draufblick wie Unveränderbare das doch gleich wieder
flieht
das Ganze aus Feld Wald Häusern hält nie an
in flüchtiger Eiligkeit verlier ich was ich eben gewann
ist das die Farbe die am Ende alles Lebendige annimmt
wenn nichts mehr festzuhalten das Flüchtige allein stimmt
überdeutliches Licht der stimmigen Flucht stimmdurchflutete
Bläue
weggekippt in die sanfteste Kurve hoch das leere neueste Neue

3

nachdem ich die Nacht über mich damit herumgeschlagen und
abgemüht
stolpre ich in den Morgen der im Fenster blüht
die Rechenaufgaben des Traums die mich gequält haben
aber ich weiß nicht mehr was für welche nur daß nicht ich sie
sondern sie mich gewählt haben
entschlußunfähig behorche ich meine Organe und betrachte
meine Verstörung
knospengrün blaudiesiger Weitblick der zum Wachsein
Verurteilte findet keine Erhörung
der Blick klärt sich ja aber es nützt nichts die Schrift der
Junisträucher ist nicht zu lesen
mitten drin wie ich bin immer sein werde und schon immer
gewesen

4

fremde Figur in den leuchtend weißen Nachmittag gemalt
hab ich nicht immer mit barer Münze gezahlt
aber es hat siehe oben nichts genützt und vor allem nichts
geändert
auch die farbigeren Tage waren grau gerändert
Schrägschrift des Nachmittags ins Querlicht herabgebogen
was ich am Körper trage hab ich mir selber angezogen
über den Zwischenraum vor mir winkt das Entferntere herüber
starren Auges noch immer steht Unaussprechbares mir
gegenüber

5

Lebens zugeschlossene Tür das vorbei im Nu ist
Tür die zu fällt zue Tür zugefallen zu ist
angelehnt lang schon auf jeden Windzug zu hören bereit
freundlichen kühlen heftigen plötzlichen oder auch Windzug der
Ewigkeit
Schlüssel umgedreht und herausgezogen weg geschmissen
was abgeschlossen ist ist ab und wir werdens nimmer wissen
Bild das kaputt gegangen ist aber das kaputte Bild
öffnet noch immer den einzigen Blick der gilt

Zweitschriftgedicht

wenn dies Zweitschrift ist was ist dann die erste gewesen
war jene besser als diese oder diese besser zu lesen
wenn der zweite Brief vor dem ersten eintrifft und dieser jenen
jener diesen widerruft
wird dann die Reihenfolge dessen was Ursache ist und was
Wirkung umgestuft
wie die Hand abschiednehmend wiederkommt wird dann
Abschied Anfang sein
Hand in Hand aus heraus und in sie hinein
Nebel der aufsteht aufwallt wegstreicht wegweht verdoppelt
Kontur
blindlings in Nebel hinein welcher folgend geleitet von welcher
Spur
Kuckuck ruft und widerruft jede die ich getroffen
Interpretation
dieser Kuckucksruf ist nichts als seines Rufens tönender Ton
wenn in Zug und Gegenzug von Wunsch und Wunscherfüllung
das Spiel längst scheint abgekartet
kommt was eintrifft dennoch immer noch unerwartet
wenn die verklebtesten Falten der Phantasie sich in der dünnsten
Stunde der Nacht nach außen beulen
geschieht das in lautloser Stille einzeln vielleicht ein Schnaufer
aber ohne das berühmte Zetern und Heulen
nicht die Verirrungen des Herzens sondern das der auf
unvereinbare Ziele gerichteten Begierden Labyrinth
macht mich je mehr ich von diesen mir selber verheimlichten
Zielen erkenne umso blinder blind
alle beschämenden Augenblicke meines Lebens in ein einziges
schwarzes Loch aus negativer existenzieller Materie
zusammen gedrängt
das plötzlich unabweisbar und mich ganz zu verschlingen
drohend meinen welchen Himmel verhängt

verlorne Niveadose am einst wann lang lang her
Nimmerkehrwiederstrand
auf die sinnliche Registratur des Alltags ausgesprüht der Spray
Kinderhand
mein aus Gesicht Gehör Geschmack Gefühl erbautes lebendiges
Haus
Phantasie lebt von Erinnerung aber bildet selber keine aus
so beruhigend daß man schließlich ganz verschwindet in den
eigenen Wahn
nicht totsein sondern der Vorgang des Sterbens ist die wirkliche
Selbstverwirklichung dann
wenn dies Zweitschrift ist und die erste unauffindbar oder
gelöscht werden kann
dann gehöre ich dem der gelöschten Erstschrift berühmten
Orden an

Spaziergang in Stuttgart

die Zeichen der Bäume erheben sich wie zu Sätzen geordnet auf
den Wiesen
und das Panorama der Stadt in pastellenen Tönen breitet sich aus
hinter diesen

ein langsam vorübergeschobener Schauer dann macht der Regen
Muster aus Flecken das sich verdichtet im Park auf asphaltierten
Wegen

von Halbhanglagen strömt nachmittags Ostergeruch in die
Talsohle hinein
während Märzensonne das Tal überquert von Hang zu Hang mit
gelbem Schein

Architektur aus Staffeln Stadtlandschaftstreppenarchitektur
Straßen und Jahre die ich mit der Straßenbahn zwei
einundzwanzig neun abfuhr

Perspektive der Rotebühlstraße von der Staffel zur
Reinsburgstraße aus gesehn
die Karrees des Westens und die spitzen und flachen Ecken von
Ostheim richtig zu verstehn

Foto vom Nachmittagsgegenlichtpflaster Nähe Feuersee
Gegend durch die ich über Jahre mich verändert habend
verändert geh

talhinab früh im Gegenlicht schwankende Straßenbahnen
plötzlich ist was erreicht nie wurde Unwiederbringliches zu
ahnen

Talabbeleuchtung früh Rotebühlstraße Gewittergußglanz
offen gestellt was gekommen erfüllt nie ganz

Foto die Staffel im Sünder betreffend oder Blick abwärts
    Silberweg
Gablenberger Hauptstraße auf und ab Routen denen ich zu
    folgen pflegte manchmal noch pfleg

im Sünder steigend als Ruth ungefähr fünf gewesen sein muß
Sommerlicht vormittags oberhalb Heslach Gedicht über die
    Übung zu sterben und Schluß

des Spätfrühlings einst sich hier überstürzender Triumph
Unzahl ineinander verschlungener Wege vom Abgehn auch
    stumpf

Donizettistraße mittlerer Kirchhaldenweg Feuerbacher Tal
    Doggenburg Herdweg Berliner Platz
ein aus Straßennamen gebildeter variabel mit Inhalt
    auszufüllender Satz

Waldhinaufblick Chopinstraße abendlich im Schatten
Prospekt dessen was wir konkret entfaltet als Leben hatten

als wir in dieser Stadt ankamen waren die Kinder klein oder noch
    nicht geboren
nun sind sie erwachsen und an die Welt wie ich mir siehe Goethe
    verloren

Ort der die Kinder erwachsen gemacht hat was bedeutet das für
    den Pendler zwischen Villa Berg und Botnang
Arbeitsplatz Arbeitsweg Mittagsgang irgendwo jene Stelle von
    der ich mich und dann wieder nicht los schwang

los und nicht los eingebunden ins Vermischte aus Terminen
Ansprüchen Verlockungen Abfällen Kompromissen
Erledigungen und Bildern
zusammengestückt als Erinnerungsabfolge so weit und nicht
weiter zu schildern

unterminiert von konkreter Erinnerung Bilanz gemacht
Stadt im Stehen eingeschlafen wie ich nie wieder richtig
aufgewacht

Stadt von rückwärts gesehn und unverständlich was einst auf
mich zukam
darüber die Spanne Lebens verrann die mir zustand und weder
ab noch zu nahm

Winkel Verstecke verschwiegene Stellen Ecken Keller Lokale
unsichtbar in den Stadtplan eingezeichnete Initiale

Flecken von Pflaumblütenweiß Kirschblütenweiß
Birnblütenweiß Apfelblütenrot
über die Hänge verstreut wo zu anderen Zeiten das Violett des
Sommerflieders oder das Karmin des Essigbaums loht

Arbogast Comes später pendelnd sagen wir Hausmannstraße am
Rand des Tals entlang
bewachend diesen wie mit abrupter Hand in den Stuttgarter
Stadtplan eingezeichneten Spaziergang

Inhalt

Verlagsgemeinschaft Ernst Klett –
J. G. Cotta'sche Buchhandlung
Nachfolger GmbH, Stuttgart
Alle Rechte vorbehalten
Fotomechanische Wiedergabe nur mit Genehmigung
des Verlages
© Ernst Klett, Stuttgart 1981 · Printed in Germany
Design: Heinz Edelmann
Gesamtherstellung: Wilhelm Röck, Weinsberg
ISBN 3-12-903590-7

CIP-Kurztitelaufnahme der Deutschen Bibliothek

Heißenbüttel, Helmut:
Ödipuskomplex made in Germany:
Gelegenheitsgedichte, Totentage,
Landschaften 1965–1980 / Helmut Heißenbüttel. –
Stuttgart: Klett-Cotta 1981.
ISBN 3-12-903590-7